Estudo das Teclas Pretas

Luiz Paulo Faccioli

Estudo das Teclas Pretas

EDITORA RECORD
RIO DE JANEIRO • SÃO PAULO

2004

CIP-Brasil. Catalogação-na-fonte
Sindicato Nacional dos Editores de Livros, RJ.

F126e Faccioli, Luiz Paulo
    Estudo das teclas pretas / Luiz Paulo Faccioli. – Rio de Janeiro: Record, 2004.

    ISBN 85-01-07029-7

    1. Romance brasileiro. I. Título.

04-2176
CDD – 869.93
CDU – 821.134.3(81)-3

Copyright © 2004 by Luiz Paulo Faccioli

Capa: EG Design / Evelyn Grumach

Direitos exclusivos desta edição reservados pela
DISTRIBUIDORA RECORD DE SERVIÇOS DE IMPRENSA S.A.
Rua Argentina 171 – Rio de Janeiro, RJ – 20921-380 – Tel.: 2585-2000

Impresso no Brasil

ISBN 85-01-07029-7

PEDIDOS PELO REEMBOLSO POSTAL
Caixa Postal 23.052
Rio de Janeiro, RJ – 20922-970

À memória das avós Corina e Maria
À memória de minha mãe

"O que é a vida senão uma série de prelúdios àquela canção misteriosa cuja primeira nota solene é dada pela morte? O amor é a aurora encantada de todo o coração. Entretanto, haverá um mortal sobre cujas alegrias e felicidade não se desencadeie uma tempestade, desfazendo com seu hálito gelado as ilusões fantasiosas e destruindo o seu altar?"

ALPHONSE DE LAMARTINE, *Meditações Poéticas*,
trecho da passagem em que foi baseado o
poema sinfônico *Os Prelúdios* de Franz Liszt

"Há um santíssimo direito no mundo: o nosso direito de fracassar, de andar sozinhos e de poder sofrer."

JORGE LUIS BORGES,
El tamaño de mi esperanza

1

Exceto em meu devaneio, nunca mais vi o Maestro. Doze anos me separam da última visão que até há pouco eu tinha dele, vermelho e irado à procura de um impropério que abarcasse toda a sua indignação. Mesmo assim, era a imagem de um homem forte que eu guardava, diferente da figura caricata que surge de inopino onde eu sempre sonhei encontrá-lo. Cuida a calçada, onde agora aparece Roswitha, elegante e altiva como a deixei há doze anos, que nela, ao contrário do marido, não pareciam ter passado. Ela caminha num passo pequeno, seguro e ritmado, que me lembra uma cadência de música, e rápido alcança a esquina da Avenida Independência. Na sacada, Leo Kaufman está velho e emocionado, vertendo uma tristeza que consegue chegar até mim. Ele tem os olhos fixos num ponto onde eu não vejo nada. Improviso um esconderijo atrás de um furgão estacionado, pois nada no mundo me fará perder a cena: o grande Maestro Leopold Kaufman, idoso e alquebrado, sofrendo em sua decrepitude.

A distância não me proíbe de vê-lo estremecer, atingido por um pavor súbito e fulminante. O corpo petrifica-se num movimento assustado, depois recua lentamente, como se buscasse uma proteção imaginária atrás de si. Quando encontra a passagem aberta, corre para dentro numa agilidade improvável há alguns segundos e fecha a porta de correr com um vigor estrondoso, que ecoa aqui embaixo.

Eu sei o que se agita dentro dele, duvido que mais alguém saiba. Posso até sentir o formigamento que ele sente, vindo da sola dos pés até o ventre, a tontura, a náusea. Ele entra, mas eu permaneço na sacada, desafio meus fantasmas todos, transponho a amurada. Lá embaixo, a calçada é de brinquedo, não tenho medo de ir ao encontro dela. Penduro-me na grade e me balanço, os pés enfim livres, compreendendo que já não há volta possível. O corpo começa a pesar, pronto para a queda, a fragilidade dos meus braços não mais o suporta. Estou prestes a cair e não me arrependo de eu mesmo ter buscado este momento. Fecho os olhos ao sentir a última aragem do inverno, meu último inverno, amanhã será primavera e eu não poderei saudá-la. Respiro fundo este ar ainda frio, ainda setembro, e o corpo já não pesa, os braços já não cansam.

Reabro os olhos como se já estivesse morto.

2

Rápido e forte, Paulo Amaro veio ao mundo, embora tenha chegado a duvidar algumas vezes dessa bem-aventurança. Antônia urrou, menos de dor que de orgulho, dispensando ela mesma a parteira tão logo parou o sangue e a situação voltava ao seu controle. Mulher decidida, nunca foi dada a fricotes.

Nascia mais um primogênito.

Na casa velha também viviam os três irmãos, as respectivas mulheres, e não eram comuns os partos em hospital naquela cidade e época. Antônia, por mais velha ou vocação, cumpria os deveres de patroa, e dois sobrinhos já haviam nascido com sua ajuda.

Dona Mimosa, a matriarca, só abandonou o quarto — embora a filha não lhe tenha nunca exigido a presença — para anunciar que era homem e cantar a vitória de ter ganhado alguns trocados. Ela adorava jogar, o sexo da criança também fora motivo de aposta. Aliás, uma curiosa maneira de misturar jogo e sexo. Só Paulo Amaro deu-se conta disso, anos mais tarde, quando a própria avó contou-lhe a peripécia.

Beppe conheceu o garoto dez dias depois, ao retornar de viagem. Por telefone, Antônia em pessoa já lhe havia dado a notícia e descrito toda a façanha, com tal riqueza de detalhes que ele ergueu o filho como se já o tivesse feito desde a primeira hora. Talvez por isso não se tenha emocionado como devesse ou como fosse justo se esperar do pai que demora tanto a conhecer o filho. Dez dias, nesse caso, era tempo demais. Mas Beppe, a seu modo, chegava a estar radiante. Trouxe até um avião de brinquedo, presente que Paulo Amaro poderia ter desfrutado alguns anos mais velho, caso não o tivesse destruído meses depois, a golpes de um violãozinho de plástico.

Cedo se descobriu que o menino havia nascido com um poder destruidor muito mais intenso que o comum de se encontrar numa criança. Os brinquedos não duravam mais do que poucas horas. Não que ele os avariasse na tentativa de desmontá-los. Tampouco era o caso de que não soubesse ainda controlar a força das mãozinhas gorduchas. Paulo Amaro tinha verdadeiro gosto por quebrar, destruir, aniquilar, usando a mesma força e rapidez com que viera ao mundo.

Beppe era o único na casa a sentir orgulho das proezas do filho. Os tios achavam graça e aplaudiam; Antônia tinha horror a desordem, exasperava-se com os irmãos e se punha a imaginar corretivos; dona Mimosa fazia apostas. E Beppe filosofava ante o que supunha serem bons augúrios: que o rapaz se mantivesse esperto o suficiente para destruir os inimigos antes de ser destruído por eles. Uma ideologia nada pacifista, mas enfim uma conciliação.

Foi a única vez na vida em que pai e filho puseram-se de acordo.

Ana Beatriz nasceu quando Paulo Amaro completava três anos. O parto não foi tão simples como o primeiro, Antônia já não pôde administrá-lo nos pormenores; também aceitou de bom grado os cuidados da mãe, que esteve todo o tempo no hospital e dessa vez não quis fazer loteria. Beppe, de novo ausente, só conheceu a pequerrucha com Antônia já restabelecida o bastante para desafiar a recomendação médica e pôr a casa de volta nos trilhos.

Talvez por terem nascido em situações tão opostas, Paulo Amaro e Ana Beatriz nem pareciam irmãos. Tudo o que o primeiro tinha de astuto, forte, malvado, a outra se contrapunha ingênua, frágil, boa. Era tranqüila, quieta, uma bonequinha de trapo que se desculpava a toda hora por ter vindo ao mundo. Beppe esqueceu muito rápido o quanto se orgulhara um dia do varão e agora só tinha ternura e atenções para a menina. Antônia entendeu logo que ali se armava uma ruptura, séria e doída como ferida que não seca. E não havia nada que pudesse fazer ou ensinar: Beppe era mais infantil nos sentimentos que os próprios filhos, e Ana Beatriz, apenas um novo brinquedo que viera a substituir o antigo.

Não que Beppe se tenha negado ao esforço de demonstrar para si e para os outros exatamente o contrário. Mas Paulo Amaro sentia a verdade, ainda sem compreendê-la. Quebrava os brinquedos um a um, cada vez com mais estardalhaço e requintes de uma crueldade assassina. Quem sabe assim os tios voltassem a rir, e papai tornasse a dizer aquelas frases incompreensíveis para ele, mas não para o seu pequeno coração. Os tios queriam agora dar bom exemplo aos próprios filhos, que cresciam ali juntos, e não gracejavam mais das artes do sobrinho. E Beppe não atinava com outra coisa senão ninar a filha com cantigas italianas, um repertório que nunca ninguém soube como ele aprendera e guardara.

Antônia engravidou uma terceira vez, a última. O nascimento aconteceria bem na época em que Paulo Amaro se preparava para o jardim de infância, mas houve graves complicações. Os médicos haviam recomendado à mulher que não tentasse outro filho. O descuido custou-lhe a própria vida e a do bebê. O pai, mais uma vez em viagem, reagiu depois como as crianças, incrédulo e abestalhado, não atingindo compreender a perda nem a responsabilidade que agora lhe era acrescida.

Dona Mimosa, ao contrário, foi tomada de espantosa lucidez. Deixou as lamentações tão logo Antônia era entregue ao túmulo, assumindo novamente o papel de dona da casa. Era uma volta que desafiava a ordem natural das coisas, o que jamais conseguiria ter adivinhado, depois de já acostumada aos benefícios da aposentadoria e das rodas de carteado. Estranhamente, herdava agora da própria filha o senso prático e a criação dos netos.

As viagens de Beppe tornaram-se cada vez mais longas, e breves foram ficando os retornos. Ele sentia-se pouco íntimo daquela casa e, por assim dizer, não se acostumou nunca à tragédia. Antônia fora única, mulher e complemento, mantendo os pés no chão sempre que este faltava aos dele. Era-lhe realmente a metade, não apenas metafórica, e essencial para que permanecesse adulto, pai de família. Dona Mimosa tentou cuidar também do genro, mas guardara as manhas de esposa havia tanto tempo, que não teve mais forças para ir buscá-las de volta.

Beppe já chegava recendendo a álcool e cigarro, triste como um hóspede indesejado e decadente. Exagerava nos presentes que trazia aos filhos, nos agrados à sogra, enquanto se mantinha distante e oco, não sabendo como trocar afeto com os que pensavam ainda formar o seu lar. Ana Beatriz, a predileta, tampouco conseguia prendê-lo em casa por mais de poucas horas. Para os filhos, Beppe tornou-se, pois, um tio bêbado que vinha às vezes trazendo bons presentes e algum constrangimento.

As coisas voltavam ao normal quando ele ia embora.

3

A casa onde nasci era velha, dum rosa desbotado, desde sempre encardido. Não tinha charme nem beleza, penso que não valeria a pena descrevê-la, exceto talvez pelo que tivesse de amplo e decadente. Era também limpa e organizada: assim a manteve minha avó, depois minha mãe, e por último, novamente, minha avó. A construção de muitos cômodos — chegou a abrigar quatro famílias — alimentava a imaginação dos vizinhos, que viam o entra-e-sai dos moradores sem descobrir nunca o que se passava lá dentro. Talvez um certo mistério brotasse ali pela curiosidade dessa vizinhança, mas garanto que nada de excepcional acontecia entre as várias paredes. Eram famílias comuns, pais e mães e filhos e irmãos e cunhados e sobrinhos. Parentes, enfim: um conjunto de personalidades tão fracas quanto diversas que acabavam por se anular mutuamente, formando um todo sem muita graça.

A casa assemelhava-se a uma pensão. As refeições eram servidas por turnos, pois não havia mesa suficiente para abrigar toda a família; tampouco era possível conciliar tantos horários. Nas ocasiões festivas, dava-se um jeito, aquele que parecia faltar no dia-a-dia. Todos então demonstravam saber de cor um manual de regras de convivência pacífica. Os encontros eram silenciosos, quase formais. As crianças não gritavam, os adultos não discutiam, as festas, assim como aquela vida, eram carentes de surpresas e de tempero.

Enquanto viveu, minha mãe desafiava a mesmice. Ela era o grande maestro da casa e ali impunha militarmente a energia e a disciplina. A personalidade atrevida arregimentava a parentela, ditando regras e planos. Todos pareciam contentes, pois o convívio ficava assim menos complicado, a rotina, menos insossa.

Uma das raras recordações que me vêm é a de que, sempre que saía, minha mãe deixava para trás a casa sem ritmo, entregue a um silêncio profundo e respeitoso, pois ali nada ou ninguém se atrevia a viver enquanto ela estivesse fora. Eu tinha horror daquele tempo passado à deriva, ansioso pela hora em que ela voltaria, mascando uma folhinha de bergamoteira colhida num pátio da vizinhança, o hálito perfumado, ligeiramente acre, devolvendo a alma à casa. Guardo também uma vaga lembrança do dia em que ela veio do hospital trazendo a maninha. Naquela vez, sei que havíamos morrido todos por vários dias, mas a volta não foi anunciada pelo cheiro familiar. Por isso, talvez eu tenha esquecido de outros detalhes. Da última saída, a mãe não regressou, e é penoso admitir que eu ainda a espero. Ou melhor, espero até hoje pelo perfume ácido e doce da bergamota.

De resto, recordo-me de sua ausência.

Contam que ela morreu do parto que deveria ter sido do irmão caçula. Por muito tempo alimentei sérias dúvidas. Na minha imaginação infantil, era falso conceber que vida e morte pudessem compartilhar de um único espaço, que um nascimento anunciado fosse resultar em dois óbitos, que a casa pudesse existir sem a mãe. Depois, acabei por aprender também essas lições.

O pai é vivo, mas é como se não fosse vivo ou pai. Ele não conta. Dizem que era apaixonado pela mulher e que nunca pôde assimilar a perda prematura. Trabalhou sempre com vendas, viajava muito. Não esteve presente nas únicas e poucas vezes em que minha mãe de fato precisou dele. Talvez tenha sido essa dívida a causa de seu afastamento. Desde quando me lembro, ele nunca morou conosco. Temo até que possa ter arranjado outra família. Suas visitas rápidas e esporádicas nunca terminavam bem, pelo menos no que me diziam respeito. Do tempo de infância chega-me hoje uma sensação algo vaga e nada boa de que ele sempre preferiu Ana Beatriz a mim. À medida que eu ia crescendo, da total indiferença ele passou a implicar com tudo o que eu dissesse ou fizesse. Admito: havia uma certa reciprocidade. Ele chegava bêbado, eu nunca tolerei o álcool; ele infestava a casa com o mau cheiro do fumo, eu nunca suportei o cigarro; ele preferia boleros fora de moda e sambas de inesgotável mau gosto, enquanto eu, desde que descobrira a música, sempre tive outra inclinação. O rol de divergências renderia por si um livro, mas pode também ser resumido numa única frase: somos o oposto perfeito um do outro.

 Não consigo hoje precisar desde quando comecei a perceber essas diferenças e como a compreensão delas pôde afinal amenizar um pouco minha revolta. Os enfrentamentos eram sutis (talvez seja este nosso único ponto de convergência: ambos detestamos barulho), mas dolorosos. Não creio que ele alguma vez se tenha apercebido do mal que me fazia. Hoje sei que ele tem sérias deficiências, não só intelectuais como afetivas, a psiquiatria talvez consiga explicá-las. É justo também dizer que ele nunca deixou que nos faltasse nada, exceto e sempre o seu papel na casa.

Vejo-o cada vez com menos freqüência. Ele segue viajando, enquanto pensa em conseguir a aposentadoria. Estou curioso para saber onde ele vai afinal se fixar, pois o casarão já foi demolido há mais de uma década.

Ana Beatriz, minha irmã, é fruto genuíno daquele ambiente: fraca, ingênua, sem sal. Casou-se há dois anos e vive agora nos Estados Unidos. Nunca soube que ela falasse inglês nem de que forma arranjara um noivo americano. Ela sempre foi muito reservada. Desde a morte da vó Mimosa, escolhera viver sozinha, assim como eu. Acho que, assim como eu, também se fartara dos parentes. Mas a notícia do casamento pegou-nos a todos de surpresa.

Minha cidade cresceu e prosperou, os imóveis valorizaram-se muito. Os tios, com o que lhes coube na partilha da casa, conseguiram comprar três apartamentos num único e modernoso prédio, recém-construído, igual a tantos outros que começavam a surgir, destruindo a antiga e provinciana paisagem. O clã, desta forma, continua unido e sob um mesmo teto. Não sei que jeito darão quando aumentarem as famílias dos primos. Por enquanto, estão todos vivendo em paz. Tentaram, com infrutíferos argumentos, que Ana e eu voltássemos a morar com eles, havia até mesmo um quarto apartamento disponível no edifício. Quem sabe desistíssemos de viver apartados; eu, na distância e no perigo da capital. Talvez pudéssemos abrigar um ou dois primos. O instinto gregário ali foi sempre muito forte. Pouco provável é que mais alguém, depois de nós, venha a conspirar contra este destino.

Talvez sejamos mais parecidos com o pai, mesmo que à herança da mãe tivéssemos sempre atribuído nossas virtudes.

4

O Maestro Leopold Kaufman é um homem amargo.

Não por haver deixado a Berlim natal entregue à estupidez corrosiva do nazismo, buscando exílio num país bizarro e inculto, carente de uma boa tradição musical — alemã, por assim dizer. A mudança rendeu-lhe benefícios. O Sul brasileiro assemelha-se muito à geografia européia, alemães e italianos colonizaram boa parte destas paragens, e um país novo, pobre de cultura e de bons exemplos, era mais atraente a um espírito empreendedor que a sisudez do cenário musical germânico àquela época. Lá ainda havia muito a aprender com os grandes mestres do século, mas qualquer ambição menos acadêmica esbarrava na forma como Hitler e seus asseclas tratavam a novidade artística. Gênios como Schoenberg, Hindemith, Webern sentiram na pele o que significava romper com os preceitos arianos de restrição da arte aos cânones clássicos, a estética de um regime arrogante e burro. Acabaram muitos deles também fugitivos. Leopold ainda era demasiado jovem e desconhecido para que pudesse rivalizar com seus contemporâneos, tanto no prestígio quanto no fato de ser alvo primeiro de qualquer perseguição. Mas sofreria, cedo ou tarde, igual destino.

Aqui, ao contrário, ele sempre foi tratado com a deferência que lhe faltava em sua pátria. Aqui ele é o Maestro Leo Kaufman, renomado, soberano. Sob sua batuta intransigente, a Orquestra Sinfônica de Porto Alegre escreveu boa parte da história da música erudita no extremo sul do país. Leo Kaufman tem bom gosto, atestado pelo repertório amplo e algo eclético. A orquestra, tímida e insegura nos primeiros tempos, tornou-se competente e versátil sob seu comando.

No Brasil nunca foi humilhado, nem teve a casa invadida, nem ouviu que tivessem quebrado aqui alguma vitrine de patrício, como soube depois ter acontecido com a loja do pai em Berlim, na Noite dos Cristais. Aqui nunca foi obrigado a portar estrelas amarelas. Aqui ele não é apenas judeu, mas essencialmente um alemão. Tal como o pai, que sempre se recusou a fugir, aqui se sente em casa, à vontade, orgulhoso de sua condição.

O mais importante é que no Brasil sempre pôde compor livremente, sem imposições ideológicas ou estéticas. Não precisou nunca agradar a ninguém, exceto a seu público, e este sempre acolheu com aplausos generosos cada nova peça que assinava. Leo Kaufman é compositor de fôlego, além de hábil orquestrador.

Quando chegou, em 1937, Kaufman já vinha casado com Roswitha. Não trouxeram filhos, tampouco os tiveram aqui. Para ambos, a música parece ter preenchido bem essa falta. Roswitha era exímia violista e especializou-se em alto barroco alemão. Ambos lecionaram no Instituto de Artes: ela, por mais de trinta anos, ele, por quase cinquenta. Hoje Leo Kaufman dedica-se exclusivamente à orquestra, que ajudou a fundar em 1951. Há pouco entregou o cargo de regente titular a um jovem talento de São Paulo, mas continua atuando como diretor. Não têm nem nunca tiveram problema financeiro, hoje desfrutam de duas aposentadorias dignas. Diferente seria se tivessem começado agora. A música, a boa música, aquela à qual dedicaram toda a vida, anda à míngua, definhando, refém da caridade de uns poucos. Leo Kaufman sabe que isso é transitório. Público existe, sedento de boas obras. Faltam ousadia, idealismo, paciência, pois na arte precisa-se de tempo para a maturação. Vive-se aqui uma entressafra pobre, mas que tende a acabar.

E tudo seria mais rápido e fácil se a juventude se dispusesse a ajudar um pouco.

Leo Kaufman não tem paciência com os jovens. Ele os vê fracos, bobos, sem ambições. Não encontra neles os valores da própria mocidade: a iniciativa, a disciplina, a disposição para o estudo, a coragem. Que sabem eles da vida? Não aprenderam que, para que se possa realmente subverter, é necessário antes que se aprenda a construir pelas regras já consagradas? Assim aconteceu na Alemanha e no resto da Europa, em todos os lugares e com todos os gênios, desde que mundo é mundo e arte é arte.

Mesmo com os vários alunos que passaram por suas mãos, ele há muito já concluiu que nunca teve um discípulo à altura, um único a quem pudesse legar seu conhecimento de mundo e sua sólida herança musical. Alguns se destacaram, sim, com um pelo menos ele chegou a trabalhar seriamente. Mas nem esse lhe serviu como um espelho de si mesmo em outra época, aquela em que se preparava para a vida e para a posteridade. Pudera, no Brasil obra-se muito com os braços e pouco com o cérebro; aqui não se pensa, não se estuda, não se lê, ninguém se aprofunda em nada, pelo menos no que diz respeito à arte. Não era assim na sua Alemanha. Lá o nazismo tolhia, impunha, deportava talentos, mas não conseguia acabar com eles. Lá ficou a verdadeira arte, preservada no sofrimento dos grandes mestres.

Contam que Berlim respira agora outros ares e que a reconstrução começa a trazer de volta a efervescência que lhe foi roubada nos anos da divisão. Leo Kaufman sente-se velho e brasileiro demais para retornar. E sofre por não ter um discípulo.

No passar dos anos, foi-se amargurando com esse vazio, e a amargura turva-lhe agora a visão, impedindo-o de reconhecer quem talvez possa preenchê-lo. E esse círculo é um vício que não consegue largar, nem pode nem quer, pois, na falta de algo mais nobre, é a própria amargura que lhe põe o derradeiro adjetivo.

5

De várias maneiras eu posso descrever vó Mimosa e minha relação com ela, e nenhuma será exata ou definitiva. Talvez se eu escolhesse a simplicidade e começasse dizendo que ela foi de quem eu mais gostei na vida, as pessoas pudessem compreender e por certo me perdoar por qualquer falta de exatidão ou exageros. Todos sabem a que me refiro, do quão difícil é ser justo e preciso quando se trata de contar dos afetos. Falando do que se ama, fácil é cair na pieguice. Mesmo correndo esse risco, é inevitável que eu fale dela. Ou que fale de mim através dela, que é quase o mesmo.

Vó Mimosa foi preparada desde a infância para as lides de esposa e dona de casa. Como todas as mulheres daquela época, cedo casou, cedo pariu. Também muito cedo enviuvou. Nem cheguei a conhecer o avô: morreu quando o último filho não alcançava ainda os dois anos, deixando de herança a velha casa, nenhuma dívida, uma família numerosa e parcas economias. Ele era empregado da companhia telefônica e não teve tempo de fazer um pé-de-meia decente. Antes que o dinheiro acabasse de todo, minha avó compreendeu ser necessário ir buscá-lo fora. Por falta de experiência, foi a duras penas que conseguiu um emprego. Tornou-se funcionária pública, sem prestar concurso, por indicação de um dos poucos amigos da família e que, por sorte, também era amigo do prefeito. Saía para o trabalho em pânico, deixando os filhos aos cuidados de uma vizinha que olhava por eles a troco de uma pequena retribuição financeira. Por ser quantia irrisória, embora a única de que pudesse dispor, vó Mimosa nunca estava segura de que as crianças seriam bem tratadas. À medida que elas foram crescendo e entraram todas para o colégio, e quando minha mãe demonstrou ter condições de assumir sozinha o comando da casa e o cuidado dos irmãos depois das aulas, ela pôde afinal trabalhar mais aliviada. Creio que dessa necessidade tenha surgido a vocação de Antônia para o trabalho doméstico, uma vez que dificilmente minha avó teria desejado criar a própria filha para um destino igual ao dela.

No quarto de século em que vó Mimosa trabalhou fora, seu ordenado foi, por vários anos, o único dinheiro a entrar em casa. Depois, um a um, os tios foram conseguindo emprego e passaram também a ajudar nas despesas.

Mas aqueles primeiros anos não foram fáceis. A avó sempre foi muito querida na repartição. Da aposentadoria, guardou o diploma de bons serviços, emoldurado na parede mais importante da sala, e uma placa que fizeram gravar os colegas.

Vó Mimosa era alegre, faceira, vaidosa, vivia com prazer, nunca se queixava do que fosse. Tinha também umas ingenuidades que, ao contrário de a tornarem tola, davam-lhe uma graça toda especial. Sempre desprezou as bebidas com álcool, mas, na época em que foi preciso levar minha mãe aos bailes, descobriu que o Guaraná Champagne tinha o poder de embriagá-la. Na realidade, as borbulhas do refrigerante faziam-lhe cócegas no nariz, causando uma delicada sensação de tontura que ela confundia com embriaguez. Emocionava-se em todo e qualquer ato solene, por protocolar que fosse. O Hino Nacional conseguia sempre levá-la às lágrimas. Seu único pecadilho era a fascinação pelo jogo. Gostava de arriscar alguns trocados no bicho, no carteado, num bilhete de loteria, ou mesmo num reles palpite. Quando ninguém vislumbrava ainda possibilidade alguma de aposta, ela já havia encontrado um motivo. Nunca perdeu ou ganhou muito dinheiro, mesmo porque sempre foi de jogar pouco. A alegria, para ela, estava na competição, na torcida, na esperança enfim de ganhar. Afinal, era temente a Deus e carola de missa, terço e novena.

Tanto os filhos como Ana Beatriz e eu fomos criados pelos mesmos e rígidos preceitos do catolicismo tradicional, o dito apostólico romano, por mais anacrônicos que eles se tenham tornado durante o tempo decorrido entre as duas gerações. Enquanto eu ia crescendo, fui aos poucos me afastando da Igreja e dos ensinamentos religiosos de vó Mimosa. Tornei-me um ateu mal disfarçado, desses que jejuam na Sexta-Feira Santa, menos por convicção do que por hábito.

Todos os meses ela me fazia comer um pedaço do pãozinho bento na novena de Santo Antônio. O que deveria ser uma bênção à distância, portanto insossa, isenta de qualquer conotação com prazer que não fosse o puramente espiritual, era para mim uma guloseima rara. Eu esperava ansioso pelo dia de degustá-la. Ia sentindo o pão duríssimo amolecer-se lentamente na minha boca, dissolvendo-se com a saliva, enquanto fechava os olhos para melhor saborear a metamorfose. Quando finalmente os abria, dava com a avó espichando-me um olhar maroto. Eu disfarçava com um sinal-da-cruz apressado, muito contrito. Os olhos dela pareciam então livres de qualquer traço da esperteza que eu suspeitara, fitando-me negros e seguros de que eu cumprira bem a minha parte no ritual. Aquela situação deixava-me sempre no indigno papel de traidor. Em casos como esse, por não ter objetivos palpáveis ou uma justificativa redentora, a traição ganha um toque de mesquinhez que a torna ainda mais desprezível. Sempre jurava a mim mesmo não incorrer novamente nesse pecado. No mês seguinte, contudo, lá estava eu praticando o delito, semelhante na essência ao de mastigar a hóstia sagrada, outra de minhas fraquezas.

A penitência acontecia com o jejum anual, depois que eu ganhara idade para isso. Ele continha a chave de acesso ao perdão de todos os meus pecados, inclusive — e principalmente — daquele meu mais secreto. Livre dele, podia fitar a avó sem o mal-estar do fingimento, com olhos francos, honestos. Hoje não preciso mais resgatar essa pureza, vó Mimosa era a única a merecê-la. Mas sempre jejuo, e continuarei jejuando, na Sexta-Feira da Paixão.

Sob as inocentes excentricidades, vó Mimosa guardava uma solidez de rocha, sempre pronta para ser posta à prova. Depois da aposentadoria, com a casa sob a administração competente de Antônia, os filhos todos bem casados, os netos crescendo à sua volta, ela deu sua missão por finda e pôde se dedicar às frivolidades das quais se privara na juventude. Muitas tardes foram então passadas nas rodas de pontinho. Não deixou de freqüentar a igreja, mas não era dada aos trabalhos assistenciais e aos chás beneficentes. Na eventual falta de companhia para o carteado, assistia à televisão e tricotava. Não perdia uma só das novelas diárias. E eu nunca compreendi como ela conseguia acompanhar duas tramas ao mesmo tempo.

Quando minha mãe morreu, na falta de quem assumisse nossa criação, vó Mimosa não hesitou, reclamando para si a responsabilidade. Nenhuma das noras demonstrava ter capacidade para dirigir a casa, em substituição à competência de Antônia; pronto, lá se foram os jogos, a vida mansa, enquanto a casa e seus moradores sentiam, aliviados, ter de volta um comandante à altura.

Mesmo que vó Mimosa demonstrasse gostar indistintamente dos vários netos, sempre intuí que ela tivesse uma especial predileção por mim. Talvez tentasse apenas me compensar, de forma inconsciente, pela preferência que o pai demonstrava ter por Ana Beatriz.

Esta era a maior virtude de vó Mimosa: um agudo senso de justiça.

As pessoas muito boas têm o poder de me irritar profundamente. Para mim, a bondade sempre trilhou o mesmo caminho da burrice. As criaturas más são sempre as mais criativas, as mais sedutoras; fortes, vitoriosas, sabem explorar o que a vida tem de melhor e não se contentam com sobras. Os poucos a quem confidenciei esta intimidade ponderaram com o eterno chavão de que o bem sempre vence. Tolice. Creio que o bem possa até sair-se vitorioso em algumas batalhas, mas é certo que ele exige sempre o mais alto dos preços.

Vó Mimosa era a exceção. Com ela, eu deveria ter aprendido a ser generoso e forte a um só tempo. Temo que não tenha conseguido uma coisa nem outra. Talvez eu seja um fugitivo da minha própria regra, pois, mesmo com toda a ruindade, não alcancei nunca me tornar menos fraco.

6

No Sul, os dias de abril e maio são ainda febris, já as noites se põem a alardear que o inverno está próximo. As tardes, as mais douradas do ano, têm todas uma igual beleza e também uma certa melancolia, como se cada novo pôr-do-sol fosse levar junto e em definitivo o que ainda restasse do verão.

    O último dia de calor — aquele que todo o sulista reconhece como de fato o último, depois do veranico de maio — traz com ele uma ligeira depressão que vai dominar a todos. Ela deve ir embora com a primeira noite bem dormida, depois da delícia do reencontro com a maciez das cobertas, ainda recendentes às cânforas e naftalinas. Para muitos, no entanto, a depressão permanece laboriosa durante todo o inverno, crescendo aos poucos, envolvente, tirando-lhes o gosto pelas maravilhas do frio, só lhes devolvendo a energia na primavera.

Foi justo num desses dias que Paulo Amaro descobriu-se cruel, covarde, dissimulado. O pior dentre todos os seres. Nada que tivesse relação com hóstias mastigadas ou com pãezinhos bentos profanados. Algo mais sério e perigoso. Tinha apenas nove anos, suficientes para o primeiro conhecimento das próprias fraquezas. A partir daquele maio, alguma coisa começou a mudar dentro dele, algo que estivera sempre ali mas que agora crescia, dominava-o, e de que logo passou a ter a mais plena consciência e nenhum controle.

Paulo Amaro, assim como a irmã e os primos, estudava numa escola pública a poucas quadras de casa. Era uma construção nova, de linhas simples e um pretenso modernismo, como era o comum nos prédios erguidos pelo governo naquela época. A distinção era ficar bem no alto, perfeitamente isolada, dando-lhe acesso um misto de escadas e trilhas de cascalho, que serpeavam pela metade esquerda do barranco desde a rua até a entrada. À direita, antes da porta principal, o pátio que servia aos recreios e ao hasteamento da bandeira nos atos cívicos era limitado pela cerca viva, também protetora da grama que descia perigosamente morro abaixo e terminava com o muro de pedra, a três metros da calçada.

A vista lá de cima contemplava boa parte da cidade, que, embora não tivesse grandes virtudes arquitetônicas, tampouco comprometia a bela paisagem serrana sobre a qual se fundara. Os prédios mais altos ainda não iam além do segundo piso, deixando à mostra uma geografia acidentada, não escondida pelo mau gosto perpetuado nas construções mais recentes. Ainda se podia ver o desenho exato dos morros, sem disputar espaço e altura com os edifícios de hoje.

Aquela perspectiva do mundo começou a exercer grande fascínio em Paulo Amaro, e não apenas nele.

Vida era uma menina tão meiga quanto feinha, muito introspectiva, batizada com um nome que desde sempre destoou de seu temperamento. Não fez amizades na escola desde que ali chegara, no início de maio. Viera do Rio de Janeiro, o pai transferido por necessidade do trabalho, mãe e filha única sendo forçadas a acompanhá-lo.

Paulo Amaro tampouco era muito sociável, embora não fosse por índole um solitário. Era apenas diferente dos colegas. Jamais necessitou de grandes dedicações ao estudo para obter as melhores notas, e, como não demonstrasse ter o talento mínimo de um líder nem qualquer habilidade esportiva que o tornasse popular entre a turma, sentia-se um pouco excluído. Nem chegava a ser alvo de inveja, numa idade em que os atributos intelectuais pesam pouco no reconhecimento pelos pares. Ao contrário, foi fácil para ele — e também para Vida — a conquista do rótulo: ambos eram tidos por esquisitos.

Mas não foi esse o motivo da inevitável aproximação entre eles.

Na hora de um dos recreios, toparam-se num lugar inusitado, que apenas Paulo Amaro julgava conhecer: um discretíssimo buraco da cerca viva, descoberto por ele, era uma espécie de passagem secreta para o gramado da frente, no ponto que privilegiava o transgressor com a melhor visão da cidade. (Anos mais tarde, Paulo Amaro chegou a se questionar se não teria sido a dificuldade do acesso, além da proibição implícita e do perigo inerente à aventura, o que de fato tornava tão exclusiva aquela vista. Isso, muito tempo depois. Naqueles primeiros dias de maio, não havia nada mais belo e excitante.) Desde o ano anterior, Paulo Amaro comia a merenda escondido naquele canto, sem que ainda o tivessem descoberto. Tomou um susto ao dar com a menina ali. Refeito do choque, soube logo que se tratava de alguém muito especial, pois recém chegara e já havia penetrado em seu segredo. Também ela foi surpreendida, mas fez lugar para ele ao seu lado e tentou um diálogo pobre, cheio de silêncios e reticências. Paulo Amaro, por sua vez, ofereceu à menina um pedaço do próprio sanduíche, prova inequívoca de que lhe franqueava a intimidade e o esconderijo.

Começaram a andar juntos. A maior afinidade era a fascinação pelos lugares altos, embora ela se manifestasse, em cada um, de forma bem diversa.

Vida era corajosa, não temia o perigo, e tinha o sonho infantil de se tornar trapezista. A Paulo Amaro coube a exclusividade de ouvir tal confidência. Ele mantinha com a altura uma relação diferente. Criava fantasias de que se atirava de onde fosse mais alto e perigoso, ao tempo que sentia uma tontura, uma náusea e algo como um formigamento desde a sola dos pés até o ventre, reações que o transtornavam sempre que se aproximava da queda, acidental ou premeditada.

Foi algo inexplicável o fato de duas crianças tão reservadas trocarem tais intimidades. O certo é que os dois se entenderam no primeiro momento, desde que se descobriram donos do mesmo canto e das mesmas excentricidades.

Durou pouco. No final do mês, Paulo Amaro já se havia cansado de Vida e da presença dela naquele espaço que antes era só seu, e que agora não queria mais compartilhar. Quis então destruí-la, mas dessa vez teve de construir um plano, com toda frieza e refinamento.

Tudo aconteceu muito rápido, e rápido também chegou o remorso. Ele sentiu uma dor aguda ao ver a menina caída lá embaixo, desmaiada, a cabeça ostentando o tenebroso corte, o sangue saindo farto, empapando-lhe os cabelos.

Foi muita sorte. Vida recuperou-se bem das fraturas e não teve perda maior que o ano escolar. Transferiram-na de colégio e de cidade, ninguém mais soube dela, nem de que um dia tivera aqueles sonhos de trapézio. Exceto Paulo Amaro, que não tinha o menor interesse em tocar no assunto, mas nunca mais pôde esquecer a tragédia e os motivos que o levaram a silenciar. Sabia-se culpado por ter proposto a brincadeira, mas não contou a ninguém. Tinha a mais absoluta consciência de que se tornara um covarde, um fugitivo, desde o instante em que tivera a idéia e esta crescera sem escrúpulos, minando-o, ardilosa, conduzindo-o àquele inevitável desfecho. Só não previra a angústia, esse emaranhado de culpas, arrependimentos, disfarces.

Aquela tarde dourava-se melancolicamente do último calor do ano. Dia seguinte, começaria de fato o inverno.

7

Roswitha vence a inclinação da rua com o passo miúdo e firme, num andar ritmado. Veste saia de tweed escura, camisa bege de gola alta arrematada por um broche antigo, um casaco de cashmere com redondos botões madreperolados solto sobre os ombros. O sapato, combinando com a bolsa pendurada no antebraço erguido, é de couro marrom, e a altura elegante dos saltos não ultrapassa qualquer limite do bom senso. O grisalho foi tingido dum azul-violeta discretíssimo, o penteado é preciso, a maquiagem, muito suave e própria a uma senhora que já passou dos setenta. Roswitha segue vaidosa, arruma-se bem, mesmo quando a necessidade é uma visita ao banco. As compras, ela sempre manda entregar, de sorte que é impossível imaginá-la perdendo a costumeira elegância com embrulhos ou sacolas de supermercado.

    Da sacada de seu apartamento no quarto andar, Leo Kaufman observa a mulher, que se afasta rapidamente, e é tomado de uma súbita e inexplicável tristeza. Ele desafia a recomendação que ela fez antes de sair: que deixasse a casa fechada e se protegesse do perigo daquelas aragens traiçoeiras de um inverno agonizante. De longe, contempla a *Schätzie* quase que com saudade, como se pela última vez, despreocupado das graves conseqüências do frio. Não sabe de onde vem esta angústia, esta terrível sensação de desamparo, logo ele, homem forte e preparado para qualquer adversidade. A rápida sucessão de imagens que lhe vêm à memória forma um inventário de perdas e ausências. Com uma intensidade e lucidez para ele até agora inéditas, lembra e sente a falta dos pais, dos irmãos, da Alemanha, de todos e de tudo o que nunca mais pôde ver, da sua querida Berlim, da Escola de Música, dos colegas, dos amigos, dos parentes, da própria história deixada no outro lado do Atlântico, cujo resumo lhe faz o passo cadenciado de Roswitha, agora não mais que uma pequena mancha prestes a dobrar a esquina. A *Schätzie* é o que lhe resta de verdadeiro e tangível de outra vida e outra época. Não é justo que ela se afaste assim, deixando-o ali, entregue à própria sorte. Afinal, é para momentos como esse que serve a proteção das esposas. Ela não pode escutá-lo. Mesmo que pudesse, não se deteria: tem coisas a fazer na rua, é urgente, mas volta logo, ela sempre diz, e sempre volta.

Pronto, dobrou.

Um pouco aliviado, ele sente o nó da garganta afrouxar-se, o peso da angústia arrefecer. A tristeza dá lugar a um vazio igual ao da rua. O vento ficou subitamente perceptível, frio, mas ainda assim Leo Kaufman não consegue entrar. Alguma coisa embaralhou-se às recordações, algo que passou despercebido entre aquelas saudades todas vindas sem qualquer aviso, algo que ele sabe ser importante e que lhe escapa. O Maestro é um homem sadio, lúcido, a boa memória não costuma pregar-lhe peças, como este jogo de esconde-esconde em que agora está metido. Ainda convalescente da dor que sentiu há pouco, põe-se a resgatar, com ordem e zelo, toda a seqüência de recordações dos últimos momentos, tentando descobrir a porção faltante, a que viu mas não registrou de forma adequada.

Depois de longos minutos passando e repassando todos os detalhes, da rua e das lembranças, continua sem pista alguma. Por fim, desiste. A *Schätzie* não deve tardar, e ele não pode ser surpreendido ali fora, sob pena de uma severa carraspana. A última visão da calçada lá embaixo, antes de entrar, dá-lhe um medo agudo e repentino, como se estivesse na iminência de uma queda. A sacada já não mais lhe parece segura, mas pronta a roubar-lhe o equilíbrio. O formigamento desde a sola dos pés até o ventre — velho conhecido que há muito não o visitava — agora o paralisa. Tentando manter o controle, fecha rápido os olhos, respira fundo e procura a proteção da parede atrás de si. O que encontra é a porta de correr já aberta, por onde passa ligeiro, trancando-a com desnecessária e ruidosa força.

Então era isso. No momento em que decidiu ir ali fora para espiar a mulher, esqueceu-se de quanto temia a sacada, não ela especificamente, mas qualquer outro lugar que lhe despertasse o pânico. Sempre que olhava para baixo, sentia-se desprotegido, tonto, nauseado. Tanto se disciplinou a evitar janelas e terraços, que já nem pensava mais no assunto. Aquilo pertencia ao passado, e, tal como as reminiscências que há pouco o machucavam, teima agora em ressurgir com toda a força represada.

Leo Kaufman suspira fundo. Talvez, mais que a emoção de ter revivido a própria história ou o pavor provado há pouco, de fato o incomode descobrir-se assim tão suscetível. Ele, que não é homem de ter faniquitos; ele, um artista sensível, humano, mas também profundamente racional e prático. Talvez essa mistura de emoções há pouco vividas pudesse lhe inspirar uma nova peça, já que desde muito tempo não encontra motivação para compor. Mas o homem, que antes nunca esteve por trás das notas saídas da pena do grande Maestro, não vai querer justo agora macular-lhe a boa reputação, eivando-a de sofrimento e pieguices.

A arte é coisa séria.

A força desses pensamentos vai aos poucos limpando os rescaldos, trazendo de volta sua antiga e sisuda postura. Quando Roswitha chega, encontra o marido tal como o havia deixado, lendo *Werther* no original, seguro, aquecido, aguardando indócil pelo chá da tarde.

8

Vó Mimosa gostava de contar com orgulho quão cedo ela descobrira minha vocação artística. Criança de colo ainda, dizia com exagero, eu já demonstrava interesse incomum e verdadeiro pendor para a música. Creio que não tenha sido bem assim, uma vez que não me recordo de uma infância tão musical como queria a avó. Ao contrário, lembro-me do momento, quando eu já alcançava os dez, em que descobri a música (não que eu nunca antes me houvesse apercebido dela, mas no sentido da importância que ela passou a ter na minha vida a partir daquele instante). A culpa por ter sido tão tardia a descoberta não era exatamente minha: na velha casa sempre ouvíamos música, mas não a do tipo que me impressionou e passou a me interessar depois do inverno de 1971.

Depois do acidente com Vida, fui tomado de uma profunda depressão. Não sabia o que era aquilo que eu estava sentindo, nem que essa novidade se tratava apenas do primeiro ato de uma epopéia interminável que passou a fazer parte de todos os meus invernos dali por diante, algumas vezes prolongando-se muito além deles. Outra coisa que eu não compreendia era o meu sofrimento nunca ser de fato percebido por ninguém. Fui uma criança pouco sociável, depois um adolescente introspectivo, nem vó Mimosa, de quem era impossível guardar grandes ou duradouros segredos, conseguia adivinhar algum problema. Melhor que tenha sido assim. Pude desde cedo sofrer com total liberdade, embora às vezes me ressentisse da falta de preocupação dos outros comigo.

Continuei a passar os recreios no meu refúgio. Àquela vista que antes me fascinava, foram somadas outras visões. Sempre que punha os olhos na calçada lá embaixo, tinha a impressão de que Vida continuava ali caída, ninguém a socorrê-la, o sangue jorrando mais intenso, ela morrendo por minha culpa. Noutros momentos, eu a via levantar os bracinhos muito frágeis, fazer a pirueta com a graça de uma bailarina no momento que antecede o clímax de um solo, lançar-me um intrigante olhar de despedida, e disparar em direção ao muro, à inevitável queda, à morte certa.

Morte.

Esta era a palavra que eu redescobria naquele inverno. Antes, ela era apenas a síntese de uma ausência. Agora era diferente. Eu adquirira poderes para praticá-la, eu quase a praticara; aliás, foi pura sorte não tê-la concretizado; aliás, nem importante era o fato de que ela não acontecera daquela vez, pois eu já a conhecia com intimidade suficiente para poder provocá-la.

É claro que, à época, eu não raciocinava com esta lucidez, e o resultado era como a angústia de um pesadelo do qual não se consegue acordar.

Foi então que eu ouvi.

As cordas, primeiro graves e algo sonolentas, esboçavam o despertar de uma dança, num ritmo não muito preciso que lhe dava o apoio das harpas e que conduzia um delicado e melancólico exercício de evolução. Era um movimento contínuo, doído, vindo assim aparentemente do nada, arriscando-se em algumas dissonâncias sutis, tal como as fantasias que agora me deprimiam, depois crescia firme, em volume e tristeza, para um desfecho dramático: uma longa e aguda nota, sustentada como uma afirmação, enquanto o restante da orquestra tecia por baixo uma trama lamentosa.

Era a coisa mais triste que eu já tinha ouvido na minha curta existência. Também a mais bela.

Mahler, disse-me Carlos, com indisfarçado ar de superioridade, ao constatar minha ignorância. A Quinta Sinfonia.

Como que então já estava Mahler na quinta, quando eu sequer conhecia a primeira? Por sinal, eu nunca tinha ouvido uma sinfonia, nem de Mahler nem de qualquer outro. E aquela música, mais do que me tocar profundamente, também me enchia de um conhecimento novo, algo que eu soube, naquele primeiro instante, que seria dali para sempre.

O rapaz continuava a me observar, e eu logo desdenhei o vazio daquela sabedoria arrogante. Saber apenas que se tratava de Mahler, antes que eu o soubesse, não o tornava superior. Ao contrário, enquanto aquele jovem tolo é hoje apenas um verbete na memória, Mahler passou a me visitar com freqüência.

Não me lembro ao certo de como conheci Carlos, pois estudávamos em escolas diferentes, e as amizades dessa época sempre estão relacionadas ao colégio. Ele também já era mais taludo, devia ter uns quinze anos. Naquele dia, apareceu lá em casa na direção de um Ford Corcel tinindo de novo. Vó Mimosa não permitiu que eu o acompanhasse na volta de carro, escandalizada com o fato de um menor ter autorização dos pais para infringir a lei e — muito pior — pôr em risco a vida do neto. Mas deixou que eu entrasse no carro, desde que ele fosse estacionado sob as árvores do nosso pátio, apenas para ouvir música e conversar um pouco, como ele prometia. Eu estava excitado com aquela novidade, esquecido dos meus problemas cotidianos. Ela, embora não soubesse da missa a metade, também não quis me decepcionar.

Vó Mimosa nunca disse nada que o confirmasse, mas sei que ela detestou Carlos. Ou melhor, detestou ter descoberto que eu já começava a trilhar minha própria vida, longe do seu controle. Eu era criança ainda e já me comportava como um adolescente retraído e excêntrico.

Hoje penso naquele final de tarde, quando ouvi a Quinta Sinfonia pela primeira vez. Toda a cena me parece inusitada: o gravador Crowncorder, novidade na época, adaptado ao isqueiro do carro; um jovem de quinze anos que ouvia Mahler, encantando-se mais com a própria e pretensa erudição que com a música e tentando me seduzir, não sabia eu ainda com qual propósito; eu, já consciente de que me seria inevitável conviver, dali em diante, com um mundo de estranhezas iguais àquela que ouvíamos.

Já escurecia. Tão longe eu estava, lançado pelo forte impulso da recente aventura, que não senti quando Carlos descansou a mão em minha perna e assim ficou não sei por quanto tempo. Tampouco eu estava preparado para adivinhar qualquer malícia. Quando ele ousou um pouco mais, puxando minha mão para que ela provasse a rigidez que ameaçava romper-lhe a calça, pude enfim perceber o que acontecia. Pior, a descoberta essencial da minha vida vinha no bojo de uma cilada.

Até então nunca pensara em sexo. O namoro com Vida passara ao largo dessas questões. Para mim, era natural que meninos namorassem meninas, menos por paixão ou atração sexual do que por estar assim convencionado, e ponto final. Eu nem sabia o que era uma ereção. Se nessa altura já tinha experimentado uma, hoje não me lembro, mas o certo é que não pensara, antes daquele momento, sobre o que ela significava ou o que fazer com ela. Lembro de uma ocasião, ainda no jardim de infância, quando passara a manhã inteira pedindo licença à professora para ir ao banheiro. Sentia um grande desconforto, uma necessidade premente, e não atinava como resolvê-la. Talvez tenha sido obra de minha primeira ereção. O resultado foi o castigo durante o recreio, além do registro da indisciplina consignado na caderneta escolar para conhecimento e assinatura do responsável pelo menor infrator, no meu caso vó Mimosa.

Agora eu estava ali, à mercê de um rapazola de quinze anos que continuava segurando a minha mão com uma das suas, enquanto a outra abria o zíper de sua calça, libertando o prisioneiro. Eu nunca tinha visto um pênis já quase adulto e assim ereto. Por outro lado, não tive nenhum desejo de segurá-lo, tampouco me excitava. O que senti foi um misto de repulsa e medo. Quis sair logo, correr para dentro de casa, envergonhado, traído, confuso. Carlos deve ter percebido minha aflição e me soltou, mas não consegui sair. Tinha certeza de que alguma coisa estava errada, muito errada, e de que Carlos agia escusamente. Como ele não me forçava a nada, talvez essa liberdade me prendesse mais que um eventual uso de força.

Tendo-me ainda ali, deve ter pensado que eu estava realmente gostando e começou a se masturbar. A mim pareceu que ele experimentava um grande prazer. Quis então imitá-lo, talvez fosse assim mesmo que faziam os mais velhos. Comecei a acariciar meu pequeno e acanhado sexo, ainda sob a calça, e percebi, com orgulho, que ele também ia crescendo. Livrei-o, mostrando-o a Carlos como um troféu. Penso que ele tenha-se fascinado com a exibição, pois logo ocupava ambas as mãos com o mesmo movimento, uma no corpo dele, a outra no meu.

Quando eu já começava a gostar, fomos interrompidos por vó Mimosa, que gritou da janela uma ordem mais enérgica que a habitual: entrasse eu logo e fosse direto para o chuveiro, já era quase hora da janta. Não se referiu a Carlos nem o convidou para que jantasse conosco, como era de seu feitio propor aos meus colegas, o que me confirmou a suspeita de que ela o queria longe dali. Ele se recompôs muito assustado e foi embora, quase me atropelando na desastrosa arrancada.

Nunca mais apareceu. Até hoje não sei se a avó conseguiu ver o que acontecia, mas no mínimo adivinhou. Senti um frio na barriga quando cruzei por ela já dentro de casa, algo muito mais forte do que quando pensava ter sido apanhado em flagrante delito, saboreando o pãozinho bento de Santo Antônio. Daquele pecado miúdo vó Mimosa me perdoou, inclusive deixando no ar a dúvida quanto a tê-lo presenciado. Desse outro, embora eu ainda não o compreendesse, tinha já a certeza de que não seria tão facilmente perdoado.

Sempre tive curiosidade de saber o que pensam as avós sobre a vida sexual dos netos. Esta é uma pergunta que nunca ousei fazer, nem a vó Mimosa nem a qualquer outra avó. Também é verdade que o que guardei daquele episódio não tem relação com sexo. Com o prazer, talvez. É claro que dele saí menos inocente. Todas as vezes em que eu tentava me masturbar dali por diante, não era Carlos que me vinha à mente, nem qualquer fantasia relacionada àquele pênis tão grande. Era Mahler que eu ouvia, o *Adagietto* lamurioso e angustiado, uma espécie de erotismo que me excitava para logo depois me travar com impiedade, trazendo-me a frustração, algo diferente do orgasmo que eu ainda desconhecia mas tentava, talvez por instinto, provar.

Eu tinha apenas dez anos — dez anos —, já tendo perdido a mãe e o contato com o pai, provocara um acidente grave, conhecera a morte na intimidade, além de ter um sério problema que me impedia de testar minha própria virilidade.

Lembro hoje minha infância com olhos e sentimentos de adulto. Talvez na época eu tenha vivido tudo de maneira diversa desta que conto agora. Mas uma coisa guardo bem nítida na memória: foi no inverno de 1971 que decidi tornar-me músico, por obra e graça do *Adagietto* de Mahler.

Quando enfim anunciei a decisão, alguns meses mais tarde, daquele jeito não muito convicto de ainda criança, vó Mimosa vibrou como se tivesse ganhado mais uma de suas apostas e passou a alimentar a fantasia de que ela já tinha antevisto meu futuro quando ainda me segurava no colo.

Assim são as avós.

Tive a sorte de não ter sido bloqueado, uma vez que ser músico e construir uma carreira importante pressupunham sacrifícios de ordem material, além da necessária mudança para um centro maior.

Nenhum desses argumentos conseguiu desencorajar vó Mimosa. Alguns dias mais tarde, ela chegou em casa com um acordeão pequeno, para que eu fosse desde já me familiarizando com o teclado, na falta de um óbvio e necessário piano. Detestei aquele instrumento, tão distante dos meus sonhos, mas não tinha outro jeito. Aprendi a tocá-lo de ouvido em poucos dias. Ele acabou por se tornar meu último brinquedo e o único que eu não me permiti destruir.

9

Paulo Amaro ainda não tinha grandes certezas sobre o que pretendia na música. Meses depois de ter descoberto Mahler, tentou reproduzir no acordeão as notas de que tanto gostara e que continuavam precisas na memória. Mas elas lhe fugiam pela dificuldade no exercício de capturá-las. Por outro lado, aquela melodia cheia de tristeza e mistério encorajava-o a imaginar outras tantas possibilidades. E mais uma vez os dedos falhavam. Precisava aprender a tocar, e não dessa maneira improvisada que tinha os aplausos da avó. Era necessário que pudesse fazer a música sair de si de forma precisa, adonando-se dela o suficiente para moldá-la ao seu feitio.

A seu modo, dona Mimosa foi muito criteriosa na escolha de uma boa escola de música. A carreira não podia correr o risco de ser prejudicada por culpa da incompetência dos primeiros mestres. Ela nunca entendera nada de música, mas intuía as sutilezas da formação de um artista. Foram várias as semanas à cata de informações e referências, e o universo continuava escasso. Excluindo uns cinco professores de violão, dois de piano, um de acordeão, um de harpa e um de flauta, restavam na cidade apenas duas escolas que se propunham a desenvolver, além do piano, um programa um pouco mais completo, incluindo a iniciação musical, a teoria, o solfejo, e, por fim, um ou outro instrumento. A escolha foi decidida no mais tradicional dos desempates: a menos barata deveria ser, por conseguinte, a melhor. Dona Mimosa nunca teve condições financeiras que lhe permitissem tais arroubos, mas, para garantir o futuro e o sucesso do neto, estava disposta a sacrifícios. A sorte, que sempre a acompanhara nas cartas, talvez pudesse, dali em diante, servir de alguma forma à nobilíssima causa.

 A escola, tão cuidadosamente escolhida, não tinha estrutura para lidar por muito tempo com tais ambições, mas foi onde Paulo Amaro estudou por seis anos, passados tão rápido que dona Mimosa foi surpreendida quando a chamaram para a prestação de contas final sobre o desempenho do neto e admitiram que nada mais havia ali que pudessem ensinar ao rapaz. Encorajaram-na a investir nele, mandando-o estudar fora.

Dona Mimosa levou alguns dias para se recobrar do susto. Um rapaz, haviam dito. Desde então, a palavra continuava ecoando em seus ouvidos. Num rapaz, de fato, havia-se transformado o neto, e ela não tivera tempo ou coragem para perceber a metamorfose. Promissor e talentoso, também disseram, exatamente as palavras que ela sonhara tantas vezes ouvir. Mas não imaginava que tudo pudesse acontecer assim tão depressa. Ainda nem juntara o suficiente para a compra do piano definitivo, uma vez que se vira obrigada a alugar um desde que se iniciaram os estudos do agora rapaz.

Quase homem feito.

Somente dela dependia o futuro do neto. Com o genro, que nunca deixara de prover a mesada para as despesas dos filhos, dessa vez não podia contar.

Beppe sempre desdenhara da vocação de Paulo Amaro. Tão logo soube das pretensões do ainda menino, disse que aquilo não passava de um capricho de criança mimada pela avó. Duas ou três visitas mais tarde, insinuando que música clássica era coisa de menininha, tentou convencer o guri a se ocupar com outras atividades que ele julgava mais apropriadas à idade e sexo. Trouxe de presente bolas de futebol, de vôlei, de basquete. Até um quimono de judô. Por fim, sem se dar por vencido, classificou de pura vagabundagem o esforço de Paulo Amaro nas horas que dedicava à prática do instrumento. Não que os dois brigassem ou discutissem, nem eram veneno as alfinetadas sutis com que o pai dardejava o filho. Apenas um não era o que o outro idealizara. Isso, Beppe não compreendia. Bem poderia ter posto a perder tudo o que dona Mimosa já apostara na carreira do neto. E quanto mais Beppe se opunha, mais Paulo Amaro se empenhava, como se tivesse prazer em desacatá-lo.

Agora já se haviam passado seis anos. Beppe tornara-se ainda mais teimoso. Uma anta cabeçuda, na opinião unânime dos cunhados. Até eles se comoviam com a persistência do sobrinho em querer se tornar concertista. Embora não desejassem para os próprios filhos igual destino, apoiaram a mãe na intenção de mandá-lo concluir os estudos de música na capital e se comprometeram a dar uma ajuda financeira. Mas foi necessário adiar os planos. Dona Mimosa não tinha a guarda formal dos filhos de Antônia. Portanto, nem poderes para autorizar Paulo Amaro, ainda menor, a morar em outra cidade.

Dona Mimosa havia lembrado de um primo distante e já idoso que vivia solteiro em Porto Alegre, fizera contato, e ele aceitara de bom grado o hóspede. Ele, inclusive, já possuía um piano em casa. Tudo parecia estar-se arrumando esplendidamente, mas

Beppe não se dispunha a ouvir nem o primeiro argumento a favor do arranjo. No que dele dependesse, Paulo Amaro não estava autorizado a se mudar. Ponto final.

Com habilidade, dona Mimosa conseguiu arrancar do genro uma promessa: quando o rapaz tivesse completado os dezoito, e se ainda insistisse naquela bobagem de se tornar pianista, permitiria que ele fosse cuidar da própria vida, sem qualquer ajuda paterna. Era uma decisão perversa, não havia como desafiá-la, mas os quase dois anos que se seguiram, além da perspectiva da alforria, não foram perdidos. Paulo Amaro já tinha aprendido o necessário para seguir estudando a música por conta própria, pelo menos por um certo tempo. Pôde também concluir os estudos sem mudar de colégio, preparando-se melhor, dessa forma, para os exames de vestibular para a Faculdade de Música. A decisão de Beppe acabou se revelando, por via torta, a mais sábia e sensata.

Praticando arpejos e escalas, Paulo Amaro entrou e saiu da adolescência. As novas partituras substituíam as espinhas e namoradas das inquietações comuns dos outros jovens, embora não conseguissem afastá-lo, sequer um único dia, dos fantasmas que faziam despertar a antiga depressão. Preferia as peças mais introspectivas. Gostava especialmente de tudo que fosse plangente: os *adagios* das sonatas, os noturnos de Chopin, alguns prelúdios de Debussy.

Mesmo que o repertório de Paulo Amaro não estivesse em sintonia com o gosto médio de seus conterrâneos, a fama de artista prodígio já se espalhava. Às vésperas de deixar a escola de música, convidaram-no para o primeiro concerto, de caráter beneficente e organizado pelas almas caridosas da alta sociedade local, capitaneadas pela primeira-dama do município. Ele ficou excitado com a novidade. Não contava, porém, que ela lhe trouxesse uma outra angústia, vindo agora se somar às suas velhas conhecidas.

Foram muitos dias gastos na escolha do programa. Ele queria agradar, pois é isso que no fundo deseja qualquer artista. Decidiu-se, afinal, por peças que já tocava, sentia-se mais seguro com elas. Seguiram-se tantas horas de ensaio, que já era um exagero, mas tudo deveria sair perfeito. A escola foi abandonada por uns dias, mas todos condescenderam com a situação. Não era sempre que se podia assistir à estréia de um virtuose.

Dona Mimosa providenciou-lhe roupa nova: terno escuro e colete, sapato de verniz, camisa branca e gravata. Era a primeira vez que Paulo Amaro se vestia daquela maneira. Quando apareceu na sala, foram inevitáveis os "oh" das primas e o choro da avó. Estavam agora diante de um homem já quase adulto que havia pouco não passava de um guri mudo, desajeitado e esquisito, surpresos por descobrir nele um jovem tão belo, fato que a convivência diária conseguira esconder tão bem. A tez muito clara, contrastando com os cabelos longos e negros, guardava os traços de Antônia. Também da mãe herdara a pose altiva, o corpo magro. Os olhos escuros, contudo, não eram de ninguém, assim tão grandes e molhados. Talvez a tristeza e timidez não estivessem exatamente neles, mas no jeito como o rapaz dirigia o olhar e que, naquele momento, despertava a atração das primas. Depois delas, de várias mulheres e mesmo de outros rapazes.

Dona Mimosa não parava de soluçar e teve de ser socorrida com algumas gotas de água de melissa. A emoção era forte, muito maior do que quando se aposentara e recebera as homenagens dos colegas, infinitamente maior do que a que sempre sentira ao ouvir o Hino Nacional. Só se recompôs quando o neto abraçou-a com ternura e pediu que se apressassem. O grande momento se aproximava, ele não podia estar atrasado.

Por trás daquela aparente tranqüilidade, Paulo Amaro escondia o torvelinho em que se enredavam seus sentimentos. De mero aluno de piano, passava agora a pianista. Se alguém naquela hora lhe segurasse as mãos, sentiria o tremor e o gelo a dominá-las.

A dez minutos do início, a lotação do cine-teatro já estava completa. Muitos vinham pela caridade ou por razões políticas, outros tantos para ver se o rapaz realmente fazia jus à fama. A abertura coube ao prefeito, que, num excesso de retórica, chegou a comparar o novo talento ao de um Horowitz. Poucos ali sabiam a quem ele se referia, talvez nem mesmo o próprio prefeito o soubesse, mas puderam concluir que se tratava de uma referência poderosa. No jovem artista, a grave comparação pesou de forma quase insuportável. Ele estava pronto a abandonar tudo e sair dali correndo.

Quando o prefeito o chamou, seguindo-se um fortíssimo aplauso, Paulo Amaro subiu ao palco como se levado ao cadafalso. Olhando para o mezanino, imaginou aquela gente toda despencando lá de cima sobre a platéia. Teve ele próprio a sensação de queda iminente, o formigamento, a náusea. Então, num passe de mágica, estava de volta àquele dia em que conhecera a Quinta Sinfonia, o *Adagietto* começava e ia enchendo de tristeza o carro, logo transformado em teatro. Vida estava caída no corredor central, mas ninguém lhe prestava atenção, parecia mesmo que só ele a via, dela ora se apiedando, ora nutrindo ódio e o desejo de que enfim morresse e abreviasse de uma vez o sofrimento de ambos. Até mesmo a avó, sempre tão condescendente, penetrara em seus pensamentos e o repreendia com severidade.

Todas essas visões se sobrepunham quando ecoaram as últimas palmas. Ele então foi tomado de energia e firmeza. Ajeitou a banqueta, olhou para as teclas desafiadoras, como se elas tivessem o poder de libertá-lo daquele pesadelo.

Começou a tocar.

A primeira nota soou bem mais longa do que o indicado na partitura, com uma plangência que invadia cada centímetro cúbico do cine-teatro e desconcertava a platéia. *La Fille aux Cheveux de Lin* vinha pelas mãos de Paulo Amaro de uma forma que nunca antes fora ousada. Impunha a todos uma profunda tristeza, um lamento que tocava alto, sem pudores, quebrando o encanto pueril da música. Desta vez, a menina dos cabelos de linho saía de uma infância perversa, doída, diferente da inocência que talvez tenha imaginado Debussy. Não por acaso tornara-se a peça preferida de Paulo Amaro e estava ali agora, abrindo o recital da sua estréia.

O talento do jovem pianista foi reconhecido nesses dois breves minutos que durou o prelúdio, até mesmo por quem não conseguia entender muito bem aquela música, ou seja, a maioria. Mas tirava o calor dos aplausos a crueza da execução que acabavam de assistir. De certa forma, o público descobria no artista o que ele próprio havia descoberto ao provocar o acidente com Vida. Assim como ele naquele dia, restava agora atônito, confuso, perturbado pela gravidade da percepção, sem ainda poder compreendê-la.

Paulo Amaro, ao contrário, tinha plena consciência do que havia confessado, embora sem a intenção de fazê-lo. Experimentava agora um raro alívio, um bem-estar que o fazia forte, mesmo já adivinhando que seria por pouquíssimo tempo: os seus fantasmas eram espertos demais para que se deixassem enganar com tanta facilidade. Aquela exposição tinha o poder de fragilizá-lo, ele precisava pôr um fim ao constrangimento.

Chopin veio para salvá-lo. Com o melancólico *Noturno nº 2*, Paulo Amaro pisava em terreno firme. Aquela era a trilha sonora da propaganda de Natal que uma loja qualquer repetia todos os anos na televisão, e, além de muito conhecido, não despertava outra imagem que não fosse a de criança, grama, árvore, sol ou cisne. Desta vez teve aplausos fragorosos, que seguiram acompanhando o resto do programa e, todos de pé, também o bis ensaiado. A província, mais que se render aos encantos do jovem músico, demonstrava ter aprendido depressa a tradição das melhores platéias ao aplaudir um grande concerto.

Mas Paulo Amaro descobria que o artista que desejava ser aparecera ao tocar os cabelos de linho da menina. Fiapos da paz que sentira misturavam-se agora à dura certeza de não ter agradado com aquele início. Dessa forma, apenas se arriscara, inútil e perigosamente, tornando públicos os seus segredos.

Enquanto ainda agradecia, muito tímido, pelos incessantes e constrangedores aplausos, já se punha a refletir sobre a difícil situação em que, sem querer, se metera.

10

Lara abre os originais com cuidado e sincera reverência.

Pouco antes, perdeu alguns minutos na observação minuciosa do que constava na capa. Assim deve ser o primeiro contato do artista com a obra alheia, respeitoso e muito atento. Quando o futuro intérprete tem o privilégio de, como agora, conhecer a peça no original manuscrito pelo próprio compositor, a descoberta é ainda mais completa e interessante, se for perseguida sem pressa, até mesmo com uma certa cerimônia. Afinal, a arte tem lá seus pudores, e não expõe a intimidade logo no primeiro encontro.

No meio da página, numa firme letra cursiva, com a inicial bem desenhada, lembrando vagamente o gótico alemão, lia-se: *Berceuse*. Logo abaixo, mais à direita e menor: *por Leopold Kaufman*. Quase ao pé da folha, seguiam-se as demais indicações: *Versão reduzida para violino e piano, em Porto Alegre, Brasil, no outono de 1977, sobre a integral para orquestra, composta na mesma cidade, entre os anos de 1956 e 1957*.

A contracapa mostra agora a dedicatória e o autógrafo: *Die bestehenden Fassungen des Stückes sowie die im Zukunft entstehenden sind ausschliesslich meiner über alles geliebten Frau Roswitha U. Kaufman gewidmet. Leopold.** Deslizando com carinho a palma da mão sobre a partitura, Lara tenta desfazer uma ruga que inexiste no papel. A cicatriz talvez esteja ali, de fato, mas só ela pode percebê-la.

No alto da primeira página tem-se novamente o título e o autor, e a indicação precisa do andamento: *Moderato affetuoso, quasi andante*. O compositor faz uma escrita caprichada, limpa, sem rasuras, redonda como a partitura impressa, Lara não encontra qualquer dificuldade para segui-la. A armadura é a de dó menor, muito própria a um acalanto, os primeiros compassos devem soar em *pianissimo*. Tudo tão calmo e tão óbvio, mesmo assim Lara sente uma excitação, um tal frisson pela novidade, que lhe chega a doer o

---

*As versões correntes desta peça, bem como as que venham a ser feitas, são dedicadas exclusivamente a Roswitha U. Kaufman, esposa amantíssima. Leopold. (N. do A.)

estômago. Mais que desbravar a peça inédita, com todos os seus desafios e sutilezas, é Leopold Kaufman que se desnuda à sua frente neste momento. O Maestro, compositor de acento heróico e orquestração sempre vigorosa, desmancha-se na delicada homenagem à mulher, revelando uma emoção simples e muito suave que somente Lara sabia possível de acometê-lo.

Lara faz correr suavemente o dedo indicador pela pauta, acompanhando a frase musical a cargo do violino. Mesmo sem tocar, ela consegue ouvir a melodia: as notas tão bem dispostas, tão lindamente concebidas e arranjadas, não há como não ouvi-las. A escrita revela também um compositor íntimo das peculiaridades do violino. Os *portati* são elegantes, os ornamentos, construídos de forma a serem cômodos ao intérprete. É uma peça que quase se toca sozinha, pelo menos no que diz respeito ao violino.

Sobre o piano, Lara não detém o mesmo conhecimento. Embora possa ver que os acordes são abertos, com inversões harmônicas refinadas e encadeados de maneira a criar um contraponto constante à melodia do violino, ela não consegue ainda ouvi-los, tampouco se arriscaria a considerá-los perfeitos como a pauta do primeiro instrumento, aquele que tão bem conhece e domina.

Lara sente o desejo de trazer à prova o que já descobriu, tocando de uma vez, mas resiste. Sabe que, depois de pôr os dedos naquelas notas, elas jamais lhe tornarão a falar mansas como falam agora. Irá persegui-las com avidez, tropeçando várias vezes em sua aparente simplicidade, até conseguir domá-las por completo. E nesse ponto elas não serão mais ingênuas ou castas, pois também terão ido à luta, uma batalha cuja vitória não deve pertencer a outro senão à vontade expressa do compositor. Lara já tocou o bastante para saber que o intérprete nunca tem certeza absoluta sobre essa vontade e que, portanto, jamais poderá garantir às notas o sentimento e a intenção do autor ao escrevê-las, por preciso e musical que seja o italiano das indicações. Leo Kaufman, cuja têmpera ela reconhece de longa data, terá composto a suave *Berceuse* motivado pela delicadeza de seu amor à companheira, ou apenas dedicou a ela uma peça que a tenha impressionado por ser tão diferente de tudo o que costumava compor? Ou será essa a canção de berço de um filho muito desejado que o Maestro não gerou, talvez por deficiência da amantíssima esposa?

Ela não tem respostas assim definitivas. Mesmo que as tivesse, não ousaria negar-se o prazer de desfrutar deste momento tentando adivinhá-las. Sempre desejou a intimidade do Maestro, longe do controle cerrado de Roswitha. Agora tem nas mãos o objeto do seu desejo: a *Berceuse*, relíquia a ela confiada pelo próprio autor. Ri no íntimo por sua conquista, enquanto outra descoberta reforça o sentimento de vitória. O acalanto não fora reduzido para viola e piano, o que de certa forma tirava a possibilidade de a própria Roswitha vir a executá-lo com o marido ao piano, na falta de uma necessária orquestra para a versão original. No outono de 1977, vinte anos passados desde que fora composta, o Maestro resgatou a *Berceuse* numa adaptação que a impediu, na prática, de ser tocada pela mulher.

1977. Também no outono daquele ano, Lara retornava a Porto Alegre, depois de quase uma década de estudos no Conservatório de Viena, onde se formara com louvor. Aos vinte e cinco anos, a jovem concertista já era bem mais que uma promessa. Tivesse permanecido na Europa, em pouco tempo poderia ter vindo a escolher tanto o palco quanto a orquestra para acompanhá-la. Além do talento e da técnica apurada, começava a lhe abrir as portas também a beleza forte, germânica, a altivez da postura cênica. Porém, numa época em que vários brasileiros eram forçados a viver longe do país, Lara decidiu-se pela viagem inversa. A mãe adoecera gravemente, o pai vivia em apuros para cuidar sozinho da situação. Seria um retorno por pouquíssimo tempo, caso o desenlace tivesse acontecido como o previsto, mas a agonia acabou consumin do dois longos anos, findos os quais a saúde precária do pai era o que agora passava a lhe exigir a presença.

Com a carreira assim interrompida, não restou a Lara outra alternativa senão a de tentar retomá-la em Porto Alegre. A Orquestra Sinfônica promovia concertos periódicos, sob o comando e a intransigência do Maestro Leo Kaufman. Lara já completava os seis meses no Brasil e ainda não sabia que jamais iria retornar a Viena, quando tomou a iniciativa e bateu à porta do Maestro. Para um artista genuíno, meio ano sem pisar num palco era tempo longo demais.

Eles ainda não se conheciam, embora já soubessem um do outro. Por mais que a fama do Maestro tivesse induzido Lara a formar dele uma imagem quase caricata, quem a recebeu não tinha nada de excêntrico ou sisudo. Pareceu-lhe um personagem sólido, forte, que não se permitia qualquer arroubo de extravagância, qualquer atitude destoante de um comportamento severamente construído e observado ao longo dos sessenta e poucos anos já vividos, que aparentavam bem menos. Lara encantava-se com a postura a um tempo refinada e viril daquele homem, enquanto ia calculando, no íntimo, a sua idade precisa. Ela nunca tivera tempo ou paciência para namoros, tampouco deixara qualquer compromisso na Europa, e sentia agora uma certa estranheza ao fazer tais contas e comparações.

Leo Kaufman lembrava-se bem de quase todos os professores de Lara em Viena, alguns conhecera pessoalmente na juventude, de outros ouvira falar ainda em Berlim. Fez várias perguntas sobre eles e sobre como se vivia por lá naquele tempo, as escolas, orquestras, conjuntos, novos compositores, a produção musical. Quando Lara teve a nítida impressão de que o Maestro estava a ponto de se emocionar, ele desviou subitamente o assunto para o que de fato trouxera a moça ali. Sem rodeios, admitiu que sua orquestra ainda não havia atingido o grau de qualidade por ele desejado e que, por esse motivo, talvez viesse mesmo a decepcionar quem já provara da excelência das orquestras européias. Mas se Lara aceitasse correr o risco, seria uma oportunidade magnífica para juntos realizarem projetos mais ambiciosos.

Havia muito ele acalentava o sonho de apresentar em Porto Alegre os Concertos para Violino de Béla Bartók, sem que ainda tivesse encontrado nos intérpretes locais a competência necessária. Tampouco eles figuraram no programa de qualquer dos tantos solistas que vieram aqui. Leo Kaufman sempre fora um entusiasta do mestre húngaro, ao tempo que se encantava com a possibilidade de trabalhar comparativamente duas obras compostas com um intervalo de trinta anos e a Primeira Grande Guerra entre elas, o Concerto nº 2 já às vésperas da Segunda. Lara nunca antes se havia arriscado numa obra da envergadura e complexidade do Concerto nº 2, mas sentia-se capacitada o bastante para assumi-la, uma vez que também apreciava Bartók, em especial o acento cigano de seu violino. Também porque não havia nada impossível a quem se formara em Viena, nem mesmo as exigências técnicas quase inumanas do Segundo Concerto. No fundo, talvez quisesse também impressionar o Maestro quando aceitou o desafio.

O concerto de Natal, um dos mais importantes do ano, aconteceria em pouco menos de dois meses, prazo talvez demasiado curto para uma orquestra que ensaiava apenas uma vez por semana. Decidiram então que Bartók seria preparado para o próximo ano. Mas Leo Kaufman não queria postergar tanto assim a estréia da recém-chegada, aquecida ainda pelos aplausos da Europa. Estudaram juntos o repertório já dominado por Lara. Dentre o que coincidia com o da orquestra, escolheram para o Natal o Concerto nº 3 de Mozart, que abriria a segunda parte do espetáculo, encerrando-o com a célebre *Meditação* da ópera *Thaïs* de Massenet.

Na primavera de 1977, Lara descobriu no Maestro um homem também afável, sem a casmurrice que, se naquela época era apenas uma insinuação a reforçar a lenda, hoje ele ostenta com total despudor. Mais que entusiasmo pela possibilidade de ter finalmente os dois Bartók — seguros, nas mãos competentes de Lara —, o Maestro demonstrou uma sincera preocupação com a carreira da violinista, antecipando e assim prestigiando a sua estréia. Ela se dá conta de que a própria escolha da *Meditação* já sugeria um homem sensível, emotivo, o mesmo que brota agora das páginas da *Berceuse*. Talvez por isso não se surpreenda que a peça tenha um caráter tão intimista.

Por certo ele surpreenderá a todos, até mesmo Roswitha. É evidente que Lara saberá sublinhar a emoção de cada nota, buscando nos *legati* uma expressividade que a partitura não indica, um *affetuoso* que transcende o pedido pelo compositor. O público, após o desconcerto inicial, restará em êxtase, emocionado, aplaudirá de pé, exatamente como quando uma outra violinista muito jovem e desconhecida fez soar o derradeiro harmônico da *Meditação*, uma simples nota em *pianissimo* que quase levou uma platéia inteira às lágrimas, num momento único de epifania que Lara tivera o privilégio de testemunhar em Viena.

Foi justo a lembrança daquela interpretação apaixonada que inspirou Lara na sua estréia em Porto Alegre. Os ensaios haviam transcorrido sem entusiasmo, quase frios. Impressionou a Lara que os músicos demonstrassem um certo descaso pela obstinação com a qual o Maestro buscava torná-los perfeitos. A orquestra, embora gozasse de um excelente conceito no Brasil, ainda não podia se dar ao luxo de prescindir das várias intervenções de um irritado Leo Kaufman. Formada na rígida disciplina européia, ela demorou um certo tempo até se acostumar de novo com uma atitude típica dos brasileiros, a de contarem sempre com a arte do improviso para suprir a falta de treino.

Apesar dessas dificuldades, que chegaram a provocar em Lara uma inédita sensação de insegurança, ainda assim foi um belo concerto. Na primeira parte, a orquestra tocou sozinha Bach, Vivaldi e Mozart, peças mais conhecidas e populares que abririam habilmente o caminho para a atração principal. Depois do intervalo e das palmas ao retorno da orquestra, Lara foi então anunciada pelo braço estendido e solene do Maestro. Antes mesmo de começar o Concerto de Mozart, a figura tão linda e forte se impôs ao público e aos próprios músicos, estes que depois a acompanharam encantados pelo condão de sua presença.

O melhor fora reservado para o final. Faltou bem pouco para que Lara repetisse o desempenho da jovem na qual se havia espelhado. Para quem não tinha a referência daquela performance magnífica, a *Meditação* soou larga, intensa, emocionada como o fervor de uma reza. Em momentos como esse, testa-se a perícia do artista: levar a emoção a tal ponto, que um passo em falso romperia a tênue barreira entre o sublime e o piegas.

Os aplausos foram calorosos. A orquestra se comportara à altura, e o Maestro mal disfarçava o prazer de ter assinado um trabalho digno enfim de sua competência. Lara, que havia provado a frustração durante os ensaios, tinha agora certeza de que o sucesso devera-se muito ao seu próprio desempenho e continuava a se curvar, agradecendo as palmas incessantes.

De um lugar privilegiado na platéia, Roswitha pôde perceber, com estranheza, o entusiasmo do marido, homem sempre tão contido. Aquele fora realmente um grande concerto, talvez o melhor que Leo Kaufman regera desde a chegada ao Brasil, havia quarenta anos. Mesmo assim, essa demonstração pública não condizia com seu temperamento. Ela se deteve, primeiro curiosa, a observar o marido, depois a violinista, depois, de volta, o marido, e preocupou-se enfim por não saber ao certo o quanto o entusiasmo dele se justificava no desempenho dela

No camarim, onde os dois recebiam os últimos cumprimentos, Roswitha teve afinal certeza sobre aquilo que o Maestro sequer havia começado a perceber e postou-se protetora ao seu lado.

Quando chega à última nota da *Berceuse*, Lara descobre, não sem um certo pesar, que nada mais resta a fazer no silêncio. Abre o estojo, tira o violino com delicadeza, prepara-o numa afinação meticulosa e retorna, agora já decidida, ao primeiro compasso.

11

No domingo de março em que finalmente cheguei a Porto Alegre, fazia um calor insuportável, uma torridez que eu jamais havia antes provado e que, soube depois, está reservada sempre para o final do verão. O sol cozinhava o asfalto e os verdes, o céu vestia um azul intenso, frouxo de nuvens e de chuva, o Rio Guaíba não se dispunha a mandar uma brisinha, singela que fosse. Tinha recém-feitos os meus dezoito anos, satisfeita, portanto, a primeira condição imposta por Beppe para a mudança. Da segunda, que era a de viver, dali em diante, por minha conta e risco, vó Mimosa encarregava-se, em sigilo.

Era a terceira vez que eu vinha a Porto Alegre. Em janeiro, viera por duas vezes, uma para os exames de vestibular, outra para os testes de aptidão necessários ao ingresso na Faculdade de Música. No começo do ano, o calor era outro. Os dias eram úmidos e cinzentos, o vento soprava quente, o céu parecia estar sempre a ponto de desabar, e desabara mesmo, em algumas tardes.

Vó Mimosa me acompanhava sempre. Agora, sob o pretexto de me auxiliar na organização das roupas na nova casa, queria, de fato e em pessoa, passar minha guarda ao primo Otávio, com todas as recomendações. Eu já me considerava adulto, apenas quanto às questões financeiras ainda dependia da avó. Ela não queria admiti-lo e, é claro, também tinha lá todo o direito de exagerar sua preocupação. Eu tampouco me importava e — confesso — desejava mesmo adiar ao máximo o momento inevitável em que me afastaria dela. Temi, porém, que pensasse o primo Otávio seguir à risca as instruções todas.

Felizmente não foi o que aconteceu. O primo era um senhor provecto, de aparência respeitável, solteiro de carteirinha, maneiras gentis e um olhar guloso de galanteador compulsivo. Aposentado, vivia com certo conforto num velho apartamento nos altos da Rua Duque de Caxias, num desses prédios que dançam em noites de vento forte. Saía todos os dias para encontrar os amigos na Rua da Praia, mesmo depois que fecharam o Café Rihan e o ponto foi alugado para uma farmácia. Depois dos amigos e das tardes, era um ser solitário. Talvez por isso me tenha aceitado tão prontamente em sua casa. Hoje penso que foi até mesmo difícil para ele esperar por dois anos, uma vez tomada a decisão de me receber como hóspede. Eu era uma companhia, e jovem. Ele, que gostava de alardear, sempre em tom de confidência, as muitas proezas de juventude e alcova que invariavelmente protagonizava, teria um ouvinte adequado para suas aventuras.

De imediato, ele compreendeu que eu não carecia de tantos cuidados assim. Fez as promessas todas que vó Mimosa queria ouvir, e, tão logo ela foi embora, libertou-me de qualquer compromisso. Que eu vivesse a minha vida como bem quisesse, cuidando de não usar o piano depois das dez ou antes das oito e de não receber qualquer visita sem o seu prévio conhecimento. Achei justas ambas as condições. Tivemos desde então uma convivência sempre pacífica.

Primo Otávio talvez tivesse imaginado que um jovem da minha idade fosse mais malandro ou esperto, um discípulo em potencial para suas lições de vida e sexo. Nas cartas e telefonemas, vó Mimosa me havia descrito exatamente como eu era, usando minhas características de pessoa introvertida como se fossem tão-somente virtudes, mas ele pode ter interpretado como propaganda enganosa o que dizia a avó a meu respeito, tentando instalar o neto em sua casa a qualquer custo. Eu, introspecção reforçada pelos efeitos da mudança e dos novos rumos que a minha vida ia tomando, não tinha de fato um bom perfil para aquele papel. Mas sempre ouvi o primo com atenção e procurei demonstrar interesse pelas histórias de seu passado. Esta é a grande vantagem dos sorumbáticos: o poder de ouvir, por horas a fio, o mais enfadonho dos relatos, sem expressar qualquer reação.

Não, definitivamente eu não me julgava um hipócrita. Mesmo que as experiências sexuais do primo Otávio não estivessem entre as minhas páginas preferidas, ainda assim eu o escutava com paciência, quase todas as noites, como forma de recompensá-lo por me haver acolhido tão bem. Logo descobrimos uma afinidade real. Ao cabo de um mês, ele já me tratava como a um filho. Não tinha as preocupações maternais de vó Mimosa, não queria saber do meu almoço ou das amizades que eu fizera, mas passou a acompanhar, com grande e genuíno interesse, meu progresso no Instituto de Belas-Artes, que era a maneira como os mais velhos liam os dizeres em relevo na antiga fachada da Faculdade de Música: *Instituto de Artes*, simplesmente.

Penso que, antes de me conhecer, o primo tenha visto com descrédito as minhas sérias pretensões artísticas. A música, para muitos jovens, ainda é uma ambição romântica que não resiste aos primeiros desafios de um longo, difícil e inevitável processo de aprendizagem.

O primo também tocava piano. Estava bastante fora de forma, é bem verdade. Devo confessar que custei a reconhecê-lo como colega. Mas ele tinha bom gosto e conhecimento musical. Contrariando a própria expectativa, ficou muito impressionado quando me ouviu tocar. A música, dessa forma, passou também a freqüentar nossa intimidade forçada.

Para o vestibular e os testes, vó Mimosa preferira um hotel bem próximo ao local das provas, com medo de que eu viesse a perder algum horário. Segundo ela, também não queria abusar da generosidade do primo. Na primeira visita a Porto Alegre, fôramos visitá-lo, para que afinal nos conhecêssemos. Ele não me pedira para tocar e, por um milagre daquele dia, a avó tampouco me oferecera como atração.

Agora que ela já se fora, esvaindo-se em lágrimas, como era de seu feitio, estava eu livre e solto na vida, avaliando ainda minha nova condição e já sofrendo com ela. Primo Otávio, depois de me testar com algumas de suas histórias picantes, finalmente confidenciou-me que, na juventude, ele próprio tivera ambições de se tornar pianista. Na época, sofrera da família toda a sorte de pressão para que abandonasse aquela idéia absurda e procurasse ter logo um bom emprego público. Depois que tivesse garantido o seu bem-estar, se vontade ainda lhe restasse, poderia então dedicar-se à música. Ele se rendera aos argumentos, arranjara uma colocação na Coletoria Estadual, dedicara às lides burocráticas os melhores anos de sua vida, fizera um patrimônio razoável, conseguira uma aposentadoria suficiente para vencer a velhice com tranqüilidade, e jamais retornara ao sonho da juventude.

Quis ouvi-lo. Parecia ser mais fácil ao primo dividir comigo a sua vida pregressa do que me expor seus dotes musicais. Não que ele se tenha negado, mas demonstrou um grande constrangimento ao abrir o piano e começar vacilante o *Adagio* de uma sonata de Mozart. Aos poucos foi-se acostumando com a audiência imprevista e passou a tocar com mais desembaraço, sem conseguir evitar os muitos erros. Ao final, elogiei-o como pude, com medo de que eu fosse humilhá-lo caso ele quisesse me ouvir.

Foi inevitável, e exatamente o que o primo esperava. Eu não poderia mesmo crer que fosse possível esconder-me dele em sua própria casa. Que eu lhe fizesse uma espécie de homenagem, então. Depois de ele me ter franqueado sua intimidade, era justo que eu retribuísse. Enquanto testava rapidamente a afinação, que me pareceu correta, e as peculiaridades de um instrumento para mim ainda desconhecido, decidi por tocar, pela segunda vez em público, *La Fille aux Cheveux de Lin*. Tentei reproduzi-lo tal como saíra no recital, usei a mesma ênfase, busquei imprimir o mesmo caráter que gerara aquele desconforto e perplexidade na minha primeira platéia e, tinha a certeza, agora também iria tocar meu novo amigo, talvez desconcertá-lo um pouco. Desta vez, seria uma confissão desejada, não involuntária como fora a outra. Mas não causou o efeito que eu esperava. O primo não conhecia o prelúdio, nem me pareceu perturbado por ele. Demonstrou, ao contrário, ter gostado muito do que ouvira. Mais que pela música, senti que ele havia-se comovido ao descobrir em mim o pianista que ele sonhara para si próprio.

Eu, que me julgara capaz de controlar a emoção alheia a ponto de poder usá-la como bem me aprouvesse, constatava desolado que havia muito ainda a aprender.

O apartamento ficava no décimo quinto andar. Meu quarto era de fundos, com uma linda vista para o sul que incluía uma boa porção do Rio Guaíba, os bairros Cidade Baixa e Menino Deus, o Morro de Santa Teresa. O que para mim havia sido no início uma espécie de visão do paraíso tornou-se logo um pesadelo. Nunca antes eu estivera num edifício tão alto, e me excitara a perspectiva de morar naquela altura. Mas, em pouco tempo, já não conseguia mais me aproximar da janela sem fantasiar que dela me jogaria. Passou a me desconcertar o simples, necessário, cotidiano ato de abri-la ou fechá-la.

Muitas vezes o primo convidava-me a tomar com ele um chimarrão na sacada. Não havia como recusar. A forma que encontrei para amenizar o suplício era me concentrar nas histórias que ele contava, enquanto eu mantinha o olhar nas janelas e sacadas dos prédios vizinhos, seus telhados, suas antenas de televisão, qualquer coisa que estivesse num plano igual ou mais alto que o nosso. Se eu me distraísse e, por qualquer motivo, olhasse para baixo, pronto, lá estava o medo. E não era um exercício fácil livrar-me dele depois de instalado.

Penso hoje que pânico de altura não seja a definição mais precisa para o que eu sinto. Nunca senti medo ao preferir os lugares mais altos, nem do perigo que representava atingir e manter-me em alguns deles. Tinha fascínio por observar o mundo de cima e a vida que se armava embaixo como um brinquedo, encolhida pela perspectiva da distância e, dessa forma, completa e virtualmente tangível pela curiosidade sempre insaciada dos meus dedos. Um raro momento de bem-estar eu conhecia ao me sentir próximo daquela imensidão que eu tocava, tão próximo que tinha mesmo ganas de me lançar ao encontro dela. Era um desejo que me tomava sem qualquer aviso, sorrateiro, com tal força, que eu sempre temera, desde pequeno, um dia tornar-se impossível para mim resistir a ele. Mas tão logo eu pensasse em como concretizar o salto, sentia uma aflição aguda. Adivinhava até mesmo o momento em que desistia dele, quando já não havia mais como evitá-lo. Então, só de imaginar minhas pernas pendendo livres em direção ao abismo, enquanto os braços buscavam em desespero sustentar o peso do corpo, agarrados ao apoio possível à situação em que me encontrasse, um formigamento começava na sola dos pés, subia rápido em direção ao ventre e explodia em pleno estômago, onde o coração parecia ter despencado. Tudo isso eu vivia num abrir e fechar de olhos, tempo suficiente para que me sobreviesse uma horrível sensação de impotência e desamparo diante do inevitável.

Era esse meu medo: não resistir ao desejo de me atirar.

Com o tempo, minha fantasia foi-se ampliando e ganhou outras formas. Quando assistia, por exemplo, a um operário desafiar os limites do equilíbrio, punha-me de pronto na situação em que ele se encontrava. Foi assim que, muitas vezes, me vi caminhando nas beiradas mais perigosas, no ponto menos protegido dos telhados, na frágil arquitetura dos andaimes.

Depois do acidente com Vida, eu mesmo nunca mais presenciei uma queda. Mas na minha imaginação eu vivia caindo, todos os dias.

12

Quatro anos depois, Paulo Amaro colava grau. O curso foi vencido sem dificuldade: ajudou muito o que ele aprendera na escola de música. Ele teve também o privilégio de estudar em casa, na perfeita afinação do piano que lhe franqueara o primo, livrando-se da disputa diária por um dos poucos e malcuidados instrumentos do Instituto. Ali, mesmo se o aluno tivesse a sorte de conseguir logo uma sala com piano disponível, ainda assim era um martírio ao estudante a companhia de colegas praticando ao lado.

No velho prédio do Instituto de Artes na Rua Senhor dos Passos, ele também estava em casa. Era muito esquisita a gente que ocupava aquelas salas feias e corredores sombrios, entregues havia muito ao irritante desleixo dos diretores e funcionários. Apesar do cheiro de mofo, do labor silencioso dos carunchos e da falta de conservação, aquele ambiente recendia ao sagrado de um templo erigido às belas-artes. O perfume sempre fresco das tintas dos estudantes da pintura, o balé incansável dos pincéis, as escalas simultâneas e embaralhadas que saíam dos vários instrumentos, a energia ruidosa de alguns mestres davam à escola um ar de caos e também de efervescência. Paulo Amaro identificava-se plenamente com o edifício e seus hábitos. Sentia na carne a reprodução fiel daquele estado de coisas. A vida que o assustava e deprimia era também a matéria-prima de seu talento, o vórtice cuja única saída era desafiar a inércia serena do teclado, quebrando seu equilíbrio com ritmos e melodias que pareciam nascidos da própria angústia.

Ali, Paulo Amaro pôde enfim conhecer a música no que ela tem de mais íntimo. É claro que, antes do curso e pela familiaridade com as partituras, ele já era capaz de avaliar o esforço intelectual de cada autor. Mas nunca se entusiasmara pela composição. Criava ou recriava, sim, toda vez que imprimia a própria alma tentando ser o mais fiel possível ao desejo expresso pelo compositor na partitura — um mero conjunto de linhas, notas e símbolos, sem um intérprete qualificado a compreendê-lo e transformá-lo em música. Seu trabalho de criador terminava aí. No Instituto, além de conquistar um domínio quase perfeito do instrumento, Paulo Amaro também aprendeu as sutilezas da arte da composição. E pelas mãos tarimbadas de Leo Kaufman.

O Maestro era o titular dessa cadeira, que não fazia parte do currículo do Piano, mas também lecionava Harmonia, de sorte que todos os alunos da Música, cedo ou tarde, estudavam com ele. Paulo Amaro, logo no segundo semestre.

Desde a primeira aula, impressionara-se com Leo Kaufman, sobretudo pela força que irradiava aquela figura tão poderosa, um contraponto triste e perfeito à fraqueza que sempre desprezou em seu próprio caráter.

Mas não foram as aulas de Harmonia o que levou Paulo Amaro a se matricular na Composição. Na época, vários alunos compareciam aos ensaios gerais da Orquestra Sinfônica, ora no Teatro Leopoldina ora no Salão de Atos da Reitoria. Era uma alternativa a quem não tinha dinheiro para assistir aos concertos pagos. Desde o começo da faculdade, Paulo Amaro fora a um único desses ensaios e se decepcionara ao perceber que, mesmo com a pretensão de ser uma prévia fiel do concerto, faltava nele o vigor da estréia: a força e a emoção que vêm da consciência de que se chegou à vez definitiva e irremediável. Ao saber que Leo

Kaufman preparava com a orquestra um poema sinfônico que ele mesmo compusera, já tomado de uma grande admiração pelo mestre, Paulo Amaro foi ao em ensaio.

Era o primeiro compositor que ele conhecia em carne e osso. Vê-lo reger a própria obra, exasperando-se com a incompetência dos músicos, passando e repassando aqueles compassos todos, cheios de expectativas e dificuldades, buscando colocar cada nota, dentre as milhares, em seu lugar devido, foi uma experiência fascinante.

A segunda parte do programa era dedicada ao Concerto para Violino de Mendelssohn. Vários colegas de Paulo Amaro estavam ali especialmente para ouvir a famosa intérprete. Havia quase dois anos tivera grande repercussão no meio musical porto-alegrense a ousadia de Leo Kaufman ao apresentar os dois concertos de Bartók com a mesma violinista, e até os alunos novos tinham algo a comentar sobre aquela noite. A curiosidade de Paulo Amaro era outra. Ele mal se deu conta de que Lara havia subido ao palco e se preparava para tocar. Bastou que o violino cantasse a primeira nota, e não houve outra possibilidade aos seus olhos se não a de seguir cada movimento gracioso da bela figura: os dedos correndo como se não tocassem a aspereza das cordas, a firme e refinada empunhadura do arco, os gestos amplos, incontidos, elegantes, a perigosa sensualidade da fêmea dominando, pelo ardil da carícia, o lenho impassível do instrumento, a ponto de fazê-lo chorar.

Paulo Amaro percebeu o quão semelhante era sua relação com o piano. Da mesma forma com que ele buscava nas teclas o timbre de seu ânimo, Lara tirava das cordas um ardor de mulher apaixonada.

Até então, Paulo Amaro nunca tivera contato íntimo com uma mulher. Passados oito anos de sua primeira e malsucedida experiência sexual, havia desistido do sexo. Mahler, sempre Mahler, era o que lhe vinha à mente quando ficava excitado. Com ele, uma tristeza infinita roubava-lhe, pouco a pouco, toda a excitação, deixando em seu lugar, além de um vazio melancólico, sérias dúvidas quanto à própria virilidade. Algumas vezes, provara o desconforto de acordar molhado de um gozo involuntário que ele mesmo não era capaz de conseguir quando desejasse. Por outro lado, as aborrecidas aventuras do primo Otávio já começavam a amedrontá-lo, pois, no papel de bom ouvinte, corria sempre o risco de ser desmascarado pela própria ignorância no assunto.

Paulo Amaro, que jamais tivera a coragem de se aproximar de uma mulher, estava surpreso com ele mesmo por compreender tão bem o que sentia Lara ao tocar o *Allegro molto appassionato* de Mendelssohn, ao tempo que sabia quase nada sobre as sutilezas da alma feminina.

Justo agora ele vivia uma tormentosa atração por Magda, moça forte e decidida, que já começava a se exasperar com a relutância dele. Para ir àquele ensaio, Paulo Amaro pedira uma trégua a essa nova angústia. Dispensara, por algumas horas, seus prestimosos serviços. Tão encantado estava agora com o que via, que se esqueceu completamente daquilo que havia pouco fazia-o sofrer outro tanto.

Passado o susto, Paulo Amaro pôs-se a matutar sobre qual seria a paixão que Lara expunha ali sem pudores. E lhe foi tão rápido e fácil descobri-la em Leo Kaufman, que chegou a pensar se não seria de fato loucura de sua mente a perspicácia com que decifrara a trama.

Não, ele não se enganara. Bastava prestar-se atenção, mínima que fosse, na maneira a um tempo fascinada e submissa com que Lara seguia as indicações do regente. Lara tocava para Leo Kaufman, disso Paulo Amaro não tinha mais a menor dúvida, e de um jeito que só uma mulher apaixonada poderia tocar.

O Maestro também estava muito diferente do professor, ou mesmo do compositor. Nada menos que um entusiasmo inédito ele demonstrava ao reger o acompanhamento à violinista, esquecido de notar ou fazer corrigir qualquer deslize cometido por seus músicos, levando-os a tocar com intensidade e emoção.

Paulo Amaro compreendeu tudo, e com a lucidez de um sábio. Fora àquele ensaio curioso de assistir ao mestre que tanto admirava e via-se fulminado pela beleza imponente de Lara, ao tempo que via a solidez dela esboroar-se na declaração de seu amor a Leo Kaufman.

Ele penetrava no mundo real e nada glamouroso dos adultos e, estranhamente, sentia-se bem e confortável. Talvez tenha encontrado, ao reconhecer a fraqueza em Lara, a forma perfeita de expiar a dele própria.

Paulo Amaro saiu de lá querendo ser Leo Kaufman. Imaginou-se transformado no regente autoritário e irascível, pleno de vigor, impondo a todos a sua segurança. Jurou que, se conseguisse ser ele próprio o alvo daquela paixão obcecada, sequer um momento hesitaria em denunciá-la. Também quis tocar com Lara. Sonhou que formariam um duo, encheriam de emoção as platéias, menos pela excelência como virtuoses que pelo espetacular romance que iriam viver e revelar em cada recital que tocassem.

Uma história perfeita, e Leo Kaufman, a única maneira de torná-la concreta.

Soube então que a Harmonia talvez fosse a única disciplina a ter com o professor durante toda a faculdade. Mas, se quisesse, poderia fazer com ele Composição já no próximo ano, como cadeira suplementar ao curso.

As primeiras férias de verão foram passadas em casa, longas, monótonas, prenhes de expectativas e de saudades. Dona Mimosa pôde perceber a impaciência do neto. Ele mal conseguia domar a ansiedade pelo retorno a Porto Alegre. Lá ficaram seus planos e as primeiras aventuras de adulto. Aqui restava ainda a criança.

13

As aulas recomeçaram, e Leo Kaufman logo imaginou ter encontrado em Paulo Amaro o discípulo por quem tanto esperara. Nos muitos anos de Instituto, o Maestro jamais tivera um aluno talentoso que se empenhasse realmente em aprender. Sempre acontecia de o mais esforçado ser também o menos brilhante, enquanto que os favorecidos pelo dom da música nunca pareciam levar a sério tal privilégio, como se para eles a natureza fosse pródiga ao distribuir dotes artísticos pela humanidade.

Paulo Amaro era diferente. Atrás da postura ensimesmada e da timidez, estava a determinação que herdara de Antônia. Entregava-se aos ensinamentos de Leo Kaufman com o calor da necessidade, como se deles dependesse o próprio futuro de músico, encorajando o mestre a pensar para o aluno uma carreira de compositor, idêntica à que construíra anos atrás na sua amada Berlim.

Mas Paulo Amaro, mesmo que esbanjasse talento, não demonstrava intenção de seguir o ofício de compositor. Dessa forma, não cumpria sua parte nos planos tão longamente urdidos por Leo Kaufman. O desejo do rapaz era dominar o processo da criação apenas para melhor compreender o que tocava. Perguntado um dia, foi como sintetizou ao mestre o seu interesse pelas aulas extracurriculares de Composição.

O Maestro não se conformava com tal explicação. Não podia conceber que um pendor tão raro fosse assim negligenciado. Nunca pretendeu que Paulo Amaro abandonasse a carreira de pianista — a história da música estava repleta de exemplos de virtuoses que também foram grandes compositores —, mas acreditava que a única forma de transcender o próprio tempo era através da obra composta e publicada, sempre duvidando que uma discografia, por mais importante que fosse, pudesse cumprir bem esse papel. Na condição de regente, Leo Kaufman era também um intérprete e pensava compreender as ambições de Paulo Amaro. Só não entendia por que ele desdenhava tanto a sua outra vocação.

O estranho era que os dois pouco dialogavam. Ao mestre zeloso, contudo, não escapava o progresso dos alunos, muito menos o de Paulo Amaro.

Era de se esperar que o aprendiz, cedo ou tarde, desejasse submeter ao julgamento do mestre algum trabalho próprio. O objetivo daquela cadeira era ensinar a compor. As técnicas que se aprendiam ali tinham o papel maior de servir ao músico e instigá-lo a criar. Paulo Amaro, embora sendo o melhor aluno, não aceitava a provocação e nunca apresentou nada além dos exercícios obrigatórios. A partir deles, Leo Kaufman tirava suas conclusões.

Entre eles deixaram vingar uma relação de feições imprecisas. Paulo Amaro logo percebeu a sutileza da atenção com que o Maestro o distinguia. Esta era uma situação perfeita aos propósitos do jovem, mesmo quando não atinava qual seria o motivo daquela deferência. Leo Kaufman não deixava pistas, fechava-se em copas toda vez que se via prestes a ter a intimidade devassada.

O extravagante silêncio a que se entregaram tornava impossível qualquer entendimento concreto. Mantinham expectativas um em relação ao outro, complexas, irreveladas, mas que os aproximavam de tal forma, que uma quase amizade nasceu e assim durou, misteriosa e indefinida, até que Leo Kaufman tomasse a iniciativa de libertá-los daquela prisão de reticências em que se haviam metido.

Finalmente, já às vésperas de terminar o semestre, chamou Paulo Amaro a um canto e confidenciou-lhe estar convencido de suas habilidades como compositor. Além de antever uma brilhante carreira, dispunha-se a trabalhar com ele para melhor prepará-lo.

Paulo Amaro tomou um susto ao ouvir tal proposta. Primeiro, porque fazia aquela cadeira movido por um interesse escuso. Depois, ele próprio ainda não se havia descoberto um compositor.

Mas foi rápido na decisão. Tão rápido, que olhava agora para um Leo Kaufman assustado, perplexo diante da urgência de ter de estudar melhor o que fazer com um aluno tão facilmente disposto a ouvir os seus conselhos.

14

Lembro com saudade os anos de Instituto, ainda que neles minha vida tenha enveredado por trilhas tão complexas quanto vertiginosas, que terminavam muitas vezes em algum novo tipo de sofrimento. Após a volta ao curso normal — no meu caso, algo meio difícil de se ter por previsível —, acabo retornando sempre àqueles dias, visito-os com ternura, na esperança de resgatar uma energia ali abandonada.

Sob a proteção cinzenta do velho prédio, vivi as poucas e tumultuadas aventuras da juventude. Foi fácil me acostumar àquele ambiente confuso, pois sempre entendera ser essa uma confusão, por assim dizer, sadia: conseqüência inevitável no processo de ensinar a arte. Frustrava-me chegar ao Instituto quando não ouvia, já desde a rua, a barulheira característica. Para o meu próprio estudo, tinha o privilégio do silêncio e da solidão que as tardes na casa do primo Otávio invariavelmente me proporcionavam. A vida corria perfeita e segura, melhor até do que eu poderia ter previsto.

Com as velhas perturbações ajeitadas em seus novos domicílios, descobri-me então hospedeiro também de alguns dos sentimentos mais rasos dentre os que podem acometer uma pessoa.

Nunca me passou despercebido o interesse que eu despertava em algumas colegas, mas não levava isso muito a sério. Eu vinha do interior, devia ser mesmo algo exótico, figura circense para gáudio de uma provável arrogância metropolitana. Depois, constatei que o exotismo não era lá um traço incomum entre os meus pares, a maioria deles, assim como eu, portadores de jeitos e trejeitos interioranos. Certeza eu tive do engano quando o assédio se tornou mais óbvio. Então, o que poderia ter motivado a inveja, a mim começou a perturbar num grau quase intolerável, por conta dos fantasmas que me rondavam. Eu não via utilidade alguma em alimentar expectativas quando não me sentia capaz de levar a bom termo qualquer relacionamento. E não queria sair logo confidenciando fraquezas e temores a cada nova candidata. Era necessário então fingir desinteresse, o que acabava por atiçar ainda mais a fantasia e a audácia de quem eu desprezava.

Com Magda não agi de modo diverso. Desta vez, a dissimulação custou-me bem mais, pois, sem perceber em que direção eu ia, acabei envolvido. Não creio que estivesse de fato apaixonado, mas apenas seduzido pela fogosidade tão evidente, e o embate da atração que eu sentia com minha firmeza em refutá-la chegava ao cúmulo de me provocar um mal-estar físico.

Magda também estudava piano e exibia seios redondos e fartos. Seu corpo era abundante em carnes, bem distribuídas numa sensualidade bronzeada. A imodéstia dos seus decotes atiçava-me um desejo que eu não acreditava ser possível, e sua companhia provocadora me deixava exausto. Meu corpo andava estranhamente assanhado, sem que eu tivesse a coragem de acalmá-lo. Eu não sabia como lidar com uma reles atração sexual, e o piano do primo Otávio foi o único a perceber essas dúvidas e ouvi-las em confidência, feita sob a forma de um toque ora mais displicente ora mais nervoso que o usual.

Ao conhecer Lara, minha vida tomou um outro rumo.

No princípio, custei um pouco a compreender o que se passava. De súbito, o mundo tornara-se estranho. Era como se voltasse à cidade da minha infância e ali não mais reconhecesse as casas ou as pessoas.

Eu aprendera a conviver com minhas angústias, por elas já transitava com certa desenvoltura. Mas agora me afastava rápido por um caminho desconhecido. À frente, um mundo novo, ainda impreciso.

    A inquietação daqueles dias pouco me ensinava. O que hoje sei, soube depois. No começo, eu não provava nada além de uma saudável expectativa, às voltas com frios na barriga e divagações açucaradas. Eu vivia em êxtase, humano e viril pela primeira vez. Antes e depois, aquela eterna lassidão depressiva, cujo único antídoto era machucar os dedos na teimosia de querer arrancar música à dureza quase hostil do teclado.

    Compreendi, muito depois, ter sido uma paixão tão singular quanto inútil. Estúpida, como as paixões que não se resolvem. E por vezes doída. Bênção e angústia a um só tempo, assim como a tristeza dos *adagios*. O andamento, enfim, que melhor se afeiçoava à minha índole.

    Após ter presenciado o ensaio de Mendelssohn, tornou-se inevitável voltar à noite para o concerto. Sequer titubeei em usar parte da minha reserva financeira, instituída por vó Mimosa para uma situação de extrema necessidade, pois não tive dúvida alguma de que se tratava de um desses casos. A música de Leo Kaufman já não tinha o mesmo colorido, ansioso que eu estava pela segunda parte do programa.

Lara repetiu o que mostrara à tarde, a emoção agora atiçada pelos efeitos da noite e da casa cheia. De novo a mulher apaixonada, talvez um pouco mais comedida, talvez fosse um jeito muito próprio de tocar. Ou talvez só eu soubesse de fato o que acontecia.

Tentei de várias maneiras aproximar-me de Lara. Tracei minuciosos e intrincados planos. Tornei-me assíduo nos seus ensaios e concertos, que, para minha desgraça, não foram assim tantos. Na faculdade, fiz uma cadeira optativa com o único propósito de estar perto de Leo Kaufman e, de certa forma, também ligado a ela. A paixão idiotiza o ser humano, especialmente o rapaz tolo e complicado que eu sem querer me tornara. Ela nada percebia. Sequer desconfiava das minhas intenções. Na minha percepção, tamanha miopia só se justificava na insistência daquele vôo cego em que se metera ao cobiçar o amor de Leo Kaufman.

Eu já começava a maquinar sobre como interferir no destino que os dois iam construindo com total descuido, quando descobri ser essa uma providência desnecessária. Leo Kaufman, do alto de sua arrogância, jamais se permitiria a desonra de ser flagrado numa aventura fora do casamento.

(Na época, tudo o que eu assistia era nebuloso demais à luz precária do meu conhecimento. Se houve algo de verdadeiro no que eu percebia, devo unicamente ao instinto. Hoje, eu conto a história usando de uma lógica que me faltava quando a vivi. E o exercício de resgatar uma história acaba por transformá-la em verdade.)

A admiração que eu tinha pelo Maestro sofreu um abalo quando descobri não ser ele um rival à altura. Onde eu antes vira apenas força e virtudes, surgia agora um covarde mal disfarçado. Rapidamente abandonei o sonho de ser cópia fiel daquele que passei a considerar um velho prepotente e frouxo.

A decepção tornara-se vizinha ao ódio: Leo Kaufman, idoso e prisioneiro de uma vida sem máculas, não merecia aquela opulência de fêmea jovem e tristemente apaixonada.

15

Roswitha jamais vira Leopold envolver-se com um aluno. Tampouco estava acostumada a assistir a manifestações do entusiasmo do marido por qualquer músico que dirigisse, atitude que passou a ser recorrente toda vez que ele agora tocava com a violinista de Viena.

Algo havia de errado.

Já se iam quase três anos nessa angústia, e agora esse rapaz tímido vinha provocar outro abalo na sua tranqüilidade.

Leopold nunca escondera a frustração de não ter feito um herdeiro à altura. Muito menos se esquivara de anunciar que finalmente havia um candidato na mira de sua cada vez menos contida ansiedade. Quanto a Roswitha, o marido sempre lhe fora leal e franco. Ao trazer-lhe a boa nova, também ela exultou e, de certa maneira, aliviou-se um pouco do peso inconfesso desde o momento em que soubera não ser possível dar a Leopold um descendente de sangue. Dele nunca ouvira queixa ou cobrança: a música parecia bastar ao seu instinto de criador. Mas Roswitha, no íntimo, sempre temera que aquela ausência, aparentemente tão bem assimilada, viesse um dia a se rebelar.

Portanto, já não era sem tempo a aparição daquele moço. Chegava mesmo a ser oportuna. Uma bênção, não fosse o desatino com que Leopold tentava agora comandar a vida e as escolhas do aluno. Roswitha não conseguia ver de que modo o rapaz poderia ser ungido como o legítimo herdeiro artístico de uma personalidade tão antagônica. Ela sabia o quão difícil era para o seu Leopold deixar de impor a intransigência de suas velhas certezas a uma geração que não mais se contentava com modelos tão rígidos. E o jovem parecia aceitar de bom grado a intromissão, o que só fazia aumentar o desassossego da *Frau* quanto ao desfecho da história.

Paulo Amaro era pouco mais que adolescente e de uma beleza já quase madura quando foram apresentados. Um jovem encantador, na sua timidez misteriosa. Os olhos escuros e tristes impressionaram Roswitha desde que ela os vira pela primeira vez. Havia tantos anos que chegaram ao Brasil, e ela ainda se maravilhava com o colorido soberbo e imprevisível de suas gentes. No rapaz, não era apenas a cor dos olhos, mas a tristeza lacrimada no abrir e fechar dos longos cílios o que mais a fascinava. Eles não espelhavam serenidade, mas turbulência. Traziam uma excêntrica mistura de audácia e medo que lembrava o olhar agônico de um bicho acossado.

O jovem era talentoso. Infatigável na sua lida de aprender. Tanto que se dispusera a freqüentar com regularidade o apartamento dos Kaufman, sujeitando-se à rotina de ver o que escrevia ser esmiuçado, dissecado, eviscerado sem qualquer escrúpulo. No estúdio de Leopold, uma vez na semana, trancava-se com o mestre por algumas horas. De fora, ouvido aguçado, Roswitha acompanhava o exercício.

No início, Leopold era comedido. Dispunha-se a ouvir até o fim o que Paulo Amaro tivesse a mostrar, e só depois tecia um ou outro comentário elegante sobre o que poderia ser aprimorado. O jovem tinha o dom de criar frases amplas e encadeadas com tal naturalidade, que elas próprias já conduziam a um desenvolvimento. Este é nada menos que a alma do processo de composição, um segredo que poucos conseguem desvendar. A música vinha impregnada de uma tristeza igual à que aguava os olhos de seu criador. Fora do estúdio sempre fechado, o efeito da distância fazia com que ela soasse ainda mais melancólica. Roswitha compreendeu que estavam diante de um talento muito especial.

Logo depois, viu angustiada a calmaria das primeiras semanas evoluir para uma trama confusa de passagens ao piano com interrupções cada vez mais freqüentes e menos sutis do marido, comentando e corrigindo o que o pupilo tocava. Se a Roswitha já causava mal-estar ver Leopold comportando-se daquela maneira, mais triste era presenciar o estrago que ele ia provocando no que tinha de novo e original o estilo do jovem. Dele nunca se ouvia palavra, uma sílaba que fosse em defesa da música que havia criado. Porém, aos olhos de Roswitha, Paulo Amaro não era assim dócil como se fazia passar sob o comando obstinado de Leopold. Ele submetia-se àquele jogo movido por algum outro interesse, disso ela mais que suspeitava, ainda que não conseguisse atinar qual seria.

Talvez Paulo Amaro tenha-se retraído a ponto de agora não mais encontrar um jeito de fugir à ingerência de Leopold. O silêncio angustiante de um, misturado à ruidosa euforia do outro, produzia nela uma inquietação permanente, como se estivesse no anticlímax nervoso de um acontecimento grave e imprevisível.

Roswitha tentou conversar com Leopold sobre suas preocupações, numa insistência rara à quietude daquele matrimônio. O marido não se dispôs sequer a ouvi-la: esse era um assunto restrito à compreensão e ao domínio dele.

Leopold Kaufman era finalmente pai, tão extremado e autoritário que já lembrava uma caricatura. O filho, situação agravada pelo fato de ter sido eleito e não gerado, tinha agora o compromisso de imitá-lo. A mulher, elemento estranho àquela concepção, devia ater-se ao papel de espectadora, embora privilegiada, igual ao que ela já desempenhara nas tantas vezes em que havia sentado na platéia para assistir ao marido, depois que abandonara o palco. Essa era a lógica do homem com o qual vivera por mais de quarenta anos.

Mesmo enquanto brincava de ser pai dominador de um filho talentoso, Leopold nunca se preocupou em esconder o intenso prazer que sentia ao tocar com Lara. Sequer deu-se ao trabalho de tranqüilizar Roswitha. Ele foi sempre tão senhor de si, que jamais poderia ter-lhe passado pela cabeça que a *Schätzie* estivesse necessitada de alguma prova de fidelidade. Mas foi justo no dia em que Lara estreou em Porto Alegre que Roswitha rompeu os fortes laços até então mantidos com o sossego, pisando pela primeira vez no terreno macio da insegurança.

Não foi essa uma travessia indolor. Roswitha era mulher de um único homem. A ele se unira incondicionalmente no dia em que tomara a decisão súbita de se casar. Só desse modo obtivera o consentimento dos pais para acompanhar o jovem músico numa viagem sem volta ao Brasil. Desde que se tornara marido, Leopold também se fizera amigo, confidente, família, único com o qual podia contar na lenta e difícil adaptação à nova terra. Sempre de costas um para o outro — costumavam dizer de brincadeira —, protegendo-se mutuamente contra qualquer inimigo.

Antes, o inimigo tocava com Leopold, traiçoeiro, levando o marido a subverter a liturgia desses anos todos regidos no mesmo ritmo. Agora, o inimigo também queria render a casa, disfarçado no silêncio indecifrável do aluno.

16

Paulo Amaro viveu um bom tempo a confusão de não se saber intérprete, compositor ou ambas as coisas. Também temeu não ser nenhuma delas. No Instituto, chamava a atenção de todos o quanto evoluía como pianista. Se a bela presença já lhe garantira não passar ali despercebido, agora era o seu toque triste e cada vez mais apurado o que de fato impressionava. Paulo Amaro ia construindo para si um personagem encantador e misterioso, predestinado a exercer um fascínio crescente sobre todos.

Contrariando as próprias expectativas, começou a se interessar pelas artes da composição, de tal sorte que agora se encontrava dividido entre pôr um fim ao sofrimento de ser orientado pelo Maestro, que parecia ter enlouquecido no novo papel, e seguir estudando sob a sua tutela. Leo Kaufman, embora dominador, era quem de melhor havia no Sul para o ofício.

As primeiras lições foram tranqüilas. Paulo Amaro chegara a sentir algum remorso por estar desfrutando de uma benevolência imerecida. No início, surpreenderam-no as maneiras gentis de Leo Kaufman — tão diferentes das atitudes que ele próprio já presenciara —, e que acabaram estimulando-o a levar com mais seriedade aquele aprendizado. Depois, assistiu à volta paulatina dos velhos modos, numa interferência cada vez menos sutil em tudo o quanto ele escrevesse.

Vivia ainda o desconforto de estar sob a vigilância implacável do único rival numa disputa amorosa, mesmo que o tivesse rebaixado a um desimportante grau de periculosidade. Talvez fosse agora apenas ciúme o que Paulo Amaro sentia, não menos abrasador que o antigo sentimento. Cedo ou tarde, teria de encontrar uma saída.

Desde o início, Paulo Amaro compôs unicamente para o piano. Embora conseguisse reconhecer e até mesmo admirar o talento de Leo Kaufman na construção de peças para vários instrumentos, o gosto pela sutileza e intimidade das miniaturas era o que mais combinava com seu temperamento. Paulo Amaro preferia Chopin e Debussy, enquanto Leo Kaufman contrapunha-se com Liszt e Wagner.

Não era a falta de afinidade o que atrapalhava aquele relacionamento. Era algo bem menos explícito e muito bem dissimulado. Tampouco era algo claro à percepção de Leo Kaufman, agora distorcida, quase infantilizada na avidez com que se lançara ao trabalho tardio de moldar o discípulo.

Jogado com impiedade nesse caldo de extravagâncias, Paulo Amaro construía e desconstruía certezas. Ora dependia totalmente dos outros, ora esgueirava-se deles sozinho, zeloso de manter a autoridade, ainda que canhestra, sobre o próprio discernimento. Afinal, um artista verdadeiro não poderia jamais duvidar desta sua condição. Mas ele acabava duvidando, inúmeras vezes.

Paulo Amaro tinha nos dedos finos e longos a feição natural para o piano. Dava gosto vê-lo dedilhar as teclas com a delicadeza de quem tece uma renda ou um bordado difícil. E foi sempre o instrumento a lhe devolver a segurança que o desatino do mestre, entre tantos outros desatinos, teimava em ameaçar. Toda vez que voltava da casa dos Kaufman, perdia horas tentando recuperar o antigo prazer da música. Por mais claudicante que estivesse na transposição daqueles dias tão confusos, nessas horas de busca os dedos insistiam em fugir por melodias e estruturas inéditas, e ele nem se preocupava em aprisioná-las numa partitura, frágil gaiola para conter a robustez da criação que, assim solta, acabou se perdendo.

Era longe de Leo Kaufman que Paulo Amaro aprendia de fato a compor.

Primo Otávio deliciava-se ouvindo o rapaz. Algumas vezes, chegara a se atrasar para o compromisso vespertino com os amigos da Rua da Praia, interessado no progresso do jovem artista. Como sempre soubera o quão importante para o estudo musical é a privacidade, adotava o ridículo estratagema de fingir que saía de casa, com roupa trocada, despedida e batendo a porta, para depois voltar sorrateiro ao quarto, sem que Paulo Amaro o notasse.

Foi nessas vigílias que primo Otávio acabou descobrindo ter como hóspede, além do pianista, também um compositor. Ouvido quase colado na porta, ele se tornou, inesperadamente, testemunha única e privilegiada dessa música nova que nunca chegou a ser escrita. Se o primo conhecesse o destino daquela novidade tão bela, por certo teria providenciado uma forma de gravá-la. Mas ele estava seguro de que Paulo Amaro tocava o que já havia escrito. Quando descobriu o engano, não era mais possível o conserto.

As férias do verão de 1981 foram as últimas que Paulo Amaro passou com a avó. Dona Mimosa não chorou ao se despedir do neto no dia em que ele voltava a Porto Alegre, como sempre acontecera. Disse-lhe, ao contrário, coisas que não costumava dizer.

Falou no silêncio eloqüente de um abraço longo, apertado, que ela nunca lhe dera assim tão forte.

Agora eu sei, vó, que foi uma derradeira tentativa de me passares tuas virtudes. Depois, de novo o olhar maroto, sempre de soslaio, um pouco melancólico ao admitir finalmente que me fugias, que eu não sofresse, mastigasse em paz todas as hóstias, os pães bentos, não era assim grave o meu pecado, segredos que só agora me revelavas. Não quis te ver morta, faltou coragem. Sequer voltei para teu enterro, pois a casa e a infância morreram contigo.

A perda, com os ingredientes todos para levar Paulo Amaro à maior das depressões, acabou provocando nele uma reação inesperada. O rapaz seguia mudo, um pouco mais taciturno que o habitual. Além disso, e do silêncio talvez respeitoso do piano, pouco ou nada parecia ter mudado. Primo Otávio, adivinhando a gravidade do abalo, enchia-o de uma atenção inédita. Tentava distrair o jovem com suas histórias mais mirabolantes, querendo que ele voltasse rápido a abrir o piano e devolvesse à casa e ao dono a tristeza da música à qual eles já se haviam acostumado.

17

O duo foi um sonho que eu não teria como ver realizado. Pelo menos, não do jeito que me acostumei a sonhá-lo. Também porque éramos perfeitamente iguais na relação construída com os nossos instrumentos e na leitura muito peculiar de tudo o que tocássemos. Se não havia maneira de nos completarmos, tampouco eu me conformaria com um papel coadjuvante. Acreditava que, na maioria das vezes, competia ao piano acompanhar o violino, e eu, mesmo que estivesse mais aparvalhado que o habitual naqueles dias, não abrandaria assim tão facilmente essas veleidades de artista. Então, por mais cara que me fosse a idéia, ela não passava de um delírio. Um mero capricho, se dela pudesse alguém subtrair a ansiedade que ali depositara um coração enfermo, louco de emoção e expectativa.

Lara sempre foi mais versátil. Transitava por qualquer música, ainda que demonstrasse certa queda pela contemporânea, enquanto meu gosto monocromático parecia beirar a incompetência. Era assim mesmo que eu me sentia em relação a ela: emocionado e incompetente a um só tempo.

Que ridículo ser eu me tornara!, embora tenha sido um privilégio não percebê-lo, e viver com naturalidade a paixão. Sem ela, hoje não haveria esta saudade dócil, incrédula, que me atrapalha às vezes a semelhança dos dias.

Uma paixão genuína nos tira a capacidade da escolha, atulha-nos de sentimentos elevados, dá título nobiliárquico ao mais raso dos interesses da carne. Havia já um sabor de decadência naquela minha estréia. Sentimentalismo barato de adolescente imberbe, diriam. Apesar de muito me constranger aquela sina de alvo perpétuo de todas as curiosices, ainda assim eu conseguia trancar-me a sete chaves. Além do piano, ninguém desconfiou que eu amava Lara, com toda a força possível da minha imaturidade.

Leo Kaufman tornou-se um pesadelo. Eu não via jeito de me livrar do descaramento com que ele tentava interferir em minha vida. Nunca autorizei a intromissão, mas passei um bom tempo sem me sentir forte o bastante para afastá-la. Também fui tomando gosto por compor, e ele tinha o que ensinar. Nossas diferenças mais importantes não estavam na música. Naquilo que me tocava, eu conhecia o endereço completo de cada uma delas.

Quando eu já começava a armar uma estratégia para bater em retirada, descobri em Roswitha um apoio interessante.

Ela ostentava uma percepção cristalina sobre tudo o que envolvesse o marido e não parecia disposta a fazer concessões a esse conhecimento. No dia em que fui pela primeira vez à casa dos Kaufman, não pôde esconder o quanto estranhava a minha presença ali. Depois, sempre gentil, sempre discreta, passou a demonstrar uma autêntica preocupação de mãe extremada no zelo pela integridade do esposo. Se não consegui jamais imaginá-lo vulnerável a ponto de eu próprio representar-lhe uma ameaça, mesmo após tê-lo julgado um covarde, aos olhos protetores da *Frau* essa hipótese não escapava. Aos meus, tornava-se cada dia mais evidente o contrário: eu chegara até ali dono e senhor de uma situação que era do meu exclusivo domínio, o que podia talvez ter significado algum perigo, mas agora era Leo Kaufman quem embaralhava as cartas e conduzia o jogo.

Portanto, a cumplicidade — se é que posso chamá-la assim — não se estabeleceu de imediato.

Já se ia quase um ano de aulas particulares, e elas ainda não me haviam rendido o benefício que eu esperava delas. Foram interrompidas durante as férias de verão, quando passei dois meses com vó Mimosa. Era óbvio que eu não viajaria sem que levasse comigo todo o material de estudo necessário para que não me esquecesse de Leo Kaufman um único instante. Ele cuidou disso. Poucos dias após retornar a Porto Alegre, a morte de vó Mimosa provocou nova interrupção na rotina das aulas, desta vez por um tempo menor, e todos, inclusive o Maestro, reconheceram meu direito ao silêncio. Essa também teria sido uma desculpa aceitável para um afastamento mais longo, talvez definitivo. Não consegui adotá-la, pois a música atingira uma nova dimensão, eu já estava disposto a ver até onde ela me levaria. Acabei retornando. Leo Kaufman me aguardava com toda a ansiedade represada. Agora que eu desperdiçara uma chance real e legítima, começava a arquitetar uma mentira que me tirasse de vez daquele cerco.

Eu continuava à cata das mesmas e ralas oportunidades de encontrar Lara. Parecia de nada ter adiantado aproximar-me do Maestro.

No inverno de 1981, finalmente Leo Kaufman nos apresentou.

Ele iria reger o concerto de um violinista americano de prestígio, vindo a Porto Alegre especialmente para um dos espetáculos mais importantes da temporada. Adivinhando que Lara estaria na platéia, recorri novamente às minhas pobres economias, cada vez mais combalidas. Nem mesmo Leo Kaufman soube de antemão que eu iria ao concerto, pois nada neste mundo me faria anunciar espontaneamente qualquer plano que me ligasse a Lara.

Afinal, lá estava ela, soberba, linda, plenamente segura de sua aura estelar, que atraía todos os olhares mas afugentava qualquer outra intenção. Pouco ou nada pude apreciar do concerto, mal acomodado numa desconfortável poltrona do mezanino e magnetizado pela figura que, instalada na platéia baixa, eu fingia alcançar com dedos imaginários, no mesmo toque virtual que a distância me permitia ao olhar das alturas o mundo grande e infinito.

Findo o concerto, não tinha coragem de me aproximar. Depois de uma rápida ponderação, acabei por decidir que sairia do teatro com toda a discrição possível. Cruzava o saguão entre os mais apressados, quando ouvi pelas costas a voz grave e autoritária de Leo Kaufman me chamando. Voltei-me. Ele e Roswitha estavam com Lara, bem à porta do corredor de acesso aos camarins, o Maestro em acenos insistentes para que eu me aproximasse. Era incomum encontrá-lo nesse lugar, quando deveria estar recebendo os cumprimentos lá dentro, longe das vistas do grande público. Percebi de longe que algo estranho agitava-se entre as duas mulheres. Mais que pedido ou ordem, a gesticulação de Leo Kaufman era um apelo para que eu viesse socorrê-lo, talvez como o único remédio disponível para o mal-estar armado à sua volta.

Foi uma eternidade o que levei para vencer os poucos passos que nos separavam, tempo insuficiente, entretanto, para preparar uma chegada à altura. E bastante para maldizer, por várias vezes, a decisão de ter ido ao concerto.

À medida que me aproximava, sentia o perfume de Lara sobrepor-se a todos os outros. Impossível definir como consegui tão rápido reconhecer aquela fragrância com notas de verbena que sempre e só ela exalava, e que continua impregnada nas recordações. (A partir daquele instante, esse perfume passou a freqüentar sempre as minhas melhores fantasias. Hoje, as camas do imaginário recendem todas a verbena.)

Lara vestia-se com uma simplicidade que a deixava ainda mais bela, mesmo que nada houvesse de etéreo em sua beleza. Era antes calor, carne, substância o que denunciava o tecido negro a ressaltar-lhe o corpo na justeza do vestido. Nenhuma jóia, além de uma singela gargantilha de ouro; nenhum outro adorno, saltos baixos e uma minúscula carteira. Os cabelos longos e loiros foram deixados soltos, escorridos, a maquiagem era imperceptível. Mas eu sabia o quão ardoroso poderia se tornar esse despojamento.

Roswitha era um exemplo oposto de elegância. Como boa judia, gostava de quebrar a severidade dos talhes com jóias e brilhos. Não era de mau gosto o conjunto, pelo contrário. A *Frau* sabia ostentar, como poucas, os gramas de ouro que, em outros modelos, seriam considerados um excesso. Naquela hora, o contraste com a juventude atrevida de Lara só fazia aumentar o constrangimento que parecia ter-se instalado definitivamente entre elas.

Leo Kaufman, atônito, não conseguiria manter-se por mais tempo na incômoda situação. Mal consegui tomar fôlego, e ele já me apresentava como o aluno que elegera para discípulo. Eu me deixaria moldar à sua maneira, era o que ele pretendia dizer quando contou das aulas semanais e do meu progresso sob seu comando, só faltando o afago na minha cabeça para sacramentar seu domínio de pai orgulhoso. Fez questão de omitir que eu era na realidade um intérprete, autor por acidente, ainda inseguro quanto a esta última vocação.

Lara acolheu-me com olhos apenas bem-educados, estendendo-me a mão num cumprimento quase cruel em sua benevolência.

Naquele instante, odiei Leo Kaufman como nunca antes imaginara ser possível. Ele não era mestre, mas oponente. Tampouco era pai, mentor, protetor, não contribuíra com uma nota sequer na minha formação de músico. O artista que eu me tornara, ou pretendia me tornar, firmava-se muito longe de seu jugo.

Roswitha veio em meu socorro. Ela percebera muito bem o quanto me afetara a leviandade do marido e pareceu dar-se conta de que o meu verdadeiro objetivo ao chegar em sua casa estivesse talvez muito perto de Leo Kaufman, não necessariamente com ele. Deitou-me um olhar matreiro de vitória que, não sei bem por que, trouxe-me, por um breve instante, uma saudade aguda de vó Mimosa. Inclinando-se em direção a Lara e tocando-lhe suavemente o braço, como quem vai revelar algo de muito importante, baixou a voz para dizer que eu era pianista sensível, também compositor criativo.

Os olhos de Lara perderam rápido a expressão indiferente com que me fitavam antes. Neles já havia um lampejo ao me perguntar do piano e das composições alardeadas por Roswitha. Leo Kaufman aproveitou a breve pausa da minha hesitação para escapulir com a mulher pelo corredor dos camarins.

Continuávamos Lara e eu ali parados, atônitos ainda pelo dispersar tão ligeiro, quando, num rompante cuja lembrança até hoje me provoca um frio na barriga, ofereci-me para acompanhá-la até sua casa.

Ela aceitou.

Tudo o que eu sonhara estava prestes a se concretizar. Saí do teatro com Lara, e logo adquiria uma desenvoltura inédita ao falar de minha música com a intimidade que eu nunca antes me permitira. Ela escutava com atenção, tomada de um interesse que me pareceu genuíno. Eu não sabia usar o que seriam as minhas armas naturais, mas fiz o melhor que pude naquelas condições: o casal Kaufman acabara de nos deixar, Roswitha parecendo dar aprovação a qualquer iniciativa que levasse Lara o mais longe possível de seu Leopold. E eu ganhava confiança à medida que Lara parecia corresponder ao meu avanço. Iludi-me ao ridículo ponto de ter a certeza de que ali começava um envolvimento sério e verdadeiro.

Era óbvio que não podia ser tudo assim fácil: inexistem facilidades para quem se apaixona dessa forma. Aquela noite esplêndida corria como se eu vivesse finalmente um sonho bom. Mesmo assim, eu já deveria saber que Lara não mudava as paixões na mesma rapidez com que virava as páginas de uma partitura.

18

O inverno de 1981 se impôs com todas as armas para levar Paulo Amaro à derrocada pela mais terrível das depressões, aquela que, depois de se instalar, acompanha toda a estação e acaba se prolongando além dela, insidiosa, infinita, destruidora. Tudo parecia concorrer para esse desfecho: a perda da avó ainda no começo do outono, o torturante convívio com seu mestre e, sobretudo, o frio excepcional que fazia naquele ano. Ninguém jamais teria imaginado Paulo Amaro passando incólume por dias como aqueles, nem ele próprio, se algum raciocínio decente conseguisse furar o bloqueio imposto à sua lógica pela novidade de sentir-se afinal correspondido numa paixão antiga e tão urgente.

O vento minuano soprava fininho, enquanto Porto Alegre ia morrendo cada dia mais cedo, o inverno adentrado numa sucessão de madrugadas interminavelmente frias.

Aquela noite em que Paulo Amaro acompanhara Lara à saída do concerto parecia ter sido poupada dos rigores desse inverno. Junho não é mês de amenidades, e a surpresa geral estampava-se no peso dos casacões que quase todos carregavam nos braços, desconfiados daquela condescendência.

Lara não demonstrava preocupação com os humores do tempo. Um simples xale, levado aos ombros e abraçando o colo desprotegido pelo decote, era agasalho suficiente. A quem já provara do frio vienense, Porto Alegre revelava-se tropical e pouco européia. Ela vivia com o pai num desses velhos casarões do bairro Moinhos de Vento, não muito longe do Teatro Leopoldina, onde ouviram um programa todo ele dedicado a Tchaikowsky: a *Patética* na primeira parte, o Concerto, pelas mãos do violinista americano, encerrando-o. A noite era limpa, calma, ambos foram tácitos ao concordar com a caminhada.

Paulo Amaro estava loquaz. Nele, as palavras ficaram mudas por tanto tempo, que agora já não mais suportavam sequer a lembrança da prisão a que foram confinadas. Esmeravam-se agora para ajudar seu dono num delicado jogo de sedução. Tanto ele ansiara por aquele momento, tanta intimidade havia com Lara sem que ela ainda o soubesse, que as palavras agora pareciam jorrar por vontade própria.

Esse era o viés ingênuo e romântico daquele passeio. O outro, o que não conseguia fugir das entrelinhas, era mais esquisito à inocência de seus protagonistas.

Se Paulo Amaro não passava de um jovem tímido e depressivo, às voltas com ebulições da juventude, Lara, embora já tivesse aportado nos trinta e exibisse uma segurança e uma energia que a tornavam sólida e forte a outros olhos, era tanto ou mais inexperiente. Ambos viviam obcecados em suas respectivas paixões: ele por ela, ela por Leo Kaufman.

Bastaria então a Lara descobrir o que havia de tranqüilo e racional na emoção com que Paulo Amaro a adorava, tão diferente da frustração que já lhe fora reservada pela insistência no amor impossível de Leo Kaufman.

Naquela noite misteriosa, ela se permitira sucumbir, pela primeira vez, à gentileza de um rapaz bonito que homenageara sua feminidade intocada com uma cortesia já quase em desuso. Talvez quisesse apenas se vingar da maneira humilhante com que o outro e a mulher fugiram dela, deixando-a a sós com quem mal acabava de conhecer. Não se julgava merecedora daquele tratamento.

À medida que eles se afastavam do teatro, o mal-estar cedendo, agora já atinava com uma novidade agitando-se dentro de si toda vez que correspondia ao olhar extasiado e febril de seu companheiro. Era uma sensação fortemente adocicada, nauseante, talvez por arte daqueles olhos encharcados. Surpreendeu-se com o próprio e súbito desejo de tocar a pele de criança, maciez reforçada pela ausência das marcas de uma adolescência recém-cumprida, clara e fêmea como a dela, pele de mulher nova, lisa, firme o bastante para conter a erupção dos músculos que ela sonhava. E uma quentura pulsando grande e assanhada, um contraste maroto com a cara de anjo que a nauseava mais e mais e mais e mais, e por fim teve de suspirar bem alto para espantar a ansiedade.

Ele não entendeu o suspiro e quis saber se poderia ajudá-la. Ela tentou disfarçar, também surpreendida pela própria reação. Acabou simulando uma tontura, apoiando-se nos braços que ele alçava muito sem jeito.

Um arrepio a percorreu quando ele amparou-lhe o fingimento num abraço tímido e cauteloso, ela mal conseguindo conter um novo suspiro ao se aninhar no corpo dele, o rosto encarnado de vergonha e expectativa tocando seu ombro, pânico e desejo atiçados e simultâneos. Pela primeira vez, tinha um homem assim tão perto, e não se tratava mais de um delírio:

agora já podia sorver de fato o cheiro forte e doce que vinha dele, perpetuando-lhe a vertigem e conduzindo sua imaginação aos outros tantos mistérios que deviam habitar aquela cara de anjo. Deixava-se ficar ali, desfrutando de uma intimidade desconhecida.

Se ela se recompusesse agora, em dois minutos estariam em casa. Despedir-se-ia dele agradecida, desculpando-se pelo transtorno. Depois entraria, bateria a porta com firmeza e deixaria à noite o encargo de levar para sempre o anjo peçonhento. Subiria as escadas devagar, bem devagar, pesada de um vazio adocicado e cuidando para não acordar o pai, caso ele já estivesse recolhido. A luz sob a porta indicaria o contrário, ela entraria pelo tempo exato e preciso ao boa-noite de todas as noites, que nesta tentaria redimi-la. O beijo demorado na testa serena, perfumada de talco, selaria então um pedido de desculpas.

Mas isso ela não queria, não nessa hora em que procurava manter afastados até mesmo os pensamentos, se eles, de alguma forma, pudessem livrá-la da tontura a que se sujeitava, mansa, à medida que se ia encolhendo mais e mais e mais dentro daquele aperto macho, insolente, despreocupado em saber da vontade dela, o cheiro forte e doce impregnado na camisa e no suéter preservadores da nudez, o insulto em que se transformara a doçura do cheiro ao empestar a inocência aquosa dos olhos dele.

A noite era incomum, menos pela atitude imprevista do inverno que pela excêntrica atuação dos personagens. Quem os conhecesse não poderia sequer ter sonhado a calidez da cena que se desenrolava estática, cheia de graça e normalidade. Para um desconhecido, não passavam de um belo casal enamorado na invenção de um frio que justificasse o aconchego, o que correspondia à realidade, talvez a meia realidade, pois ela inventava o mal e o aconchego que ele era, e ele apenas a amava ao sentir a pressão de um seio contra o peito, enquanto outra rigidez ia tomando corpo, a ponto de ele não mais conseguir disfarçá-la.

Esse não era seu desejo, mas não pôde esconder o que crescia. Quis então protegê-la do que brotava nele: uma atração delicada, limpa de malícia.

Ela se recompôs como quem sai de um orgasmo leviano e retornou presto num último e agora imperceptível suspiro, que encerrava o que o outro começara.

O minuano soprou com a agudeza de um basta à tolerância indesejada com a própria generosidade. Lara adivinhou que o xale talvez fosse um agasalho insuficiente, ao mentir que estava bem e pedir que se apressassem, faltava pouco, queria abrigar-se logo, estar em casa.

Paulo Amaro acedeu, feliz com a promessa que lhe faziam os breves minutos de envolvimento. Não arriscou um beijo de despedida, inocente que fosse. Continuou na calçada, sem se preocupar com a inclemência súbita do vento, enquanto observava Lara fechar o portão, caminhar até a porta, abri-la, ser tragada pelo empuxo da porta que fechava, a luz que acendia, a escada desafiando o vazio doce e malemolente das pernas que corriam dele.

19

Beppe visitou o filho poucas vezes em Porto Alegre. A primeira, três semanas após a morte da sogra, rompia um silêncio de mais de dois anos.

Armou-se de um presente caro, repetindo o jeito muito próprio de afagar a quem tentasse amar, e que podia ser tomado ainda por um convite, embora tardio, à reconciliação. Com ele veio também o hálito de tabaco e álcool. Agora, a simples aparição já valia um insulto. Chegou de surpresa num domingo, fumou e filosofou o quanto pôde, interferindo na rotina silenciosa do filho e na saúde da casa, abalando um arremedo de estabilidade que só agora começava a ser desfrutado. E, longe daquele afago torto.

Trouxe álbuns com as sinfonias completas de Schubert, Brahms e Beethoven regidas por Karajan. O conjunto era de bom gosto, mimo de pai em homenagem a uma escolha importante do filho. Não havia reparo a fazer, exceto que Paulo Amaro dedicava-se ao piano. Estava ali havia mais de dois anos, e, contrariando a vontade paterna, a perseguir uma carreira. Aquele dinheiro lhe teria sido muito mais útil se antes empregado na manutenção da sua escolha, ou, caso Beppe continuasse irredutível em sua promessa de não colaborar uma vírgula com o sustento do filho, em algo mais próximo à preferência dele. Ou num essencial toca-discos, pois, sem ele, de nada serviria o luxo.

Uma única sinfonia teria cumprido a missão em que a soma das outras todas falhava: a Quinta de Mahler. E mesmo com toda a má vontade que exercitara ao receber o presente do pai, não teria como cobrá-lo pela ignorância de um episódio do qual não dera ciência a ninguém. Vó Mimosa já havia morrido, com ela a intuição que um dia a levara, certeira, a interromper a travessura do neto. Portanto, mais ninguém seria merecedor de uma certeza que ele próprio negara à avó.

Os olhos do primo Otávio brilhavam como se na verdade fosse ele o presenteado, sem compreender os motivos de Paulo Amaro ao se retrair num silêncio tão espesso que beirava o corpóreo. O primo não carecia de dinheiro para comprar os discos todos que desejasse, mas para ele os de Beppe vinham impregnados de um signo impagável: a homenagem que ele próprio nunca arrancara dos pais.

Beppe acendia um cigarro na brasa do outro e empestava a sala com a voz pastosa. A única referência musical da prosa interminável só fez crescer o mal-estar. Quando falou da *Sinfonia Inacabada* de Schubert, que obviamente participava de um dos álbuns, surpreendeu até mesmo o primo Otávio com a erudição imprevista e destoante, ao atribuir à imperfeição e ao mistério o encanto maior daquela obra.

Sempre sem perceber o cataclismo que provocava, Beppe saiu tão de inopino quanto chegara, deixando de lembrança a pilha silenciosa dos discos e uma ressaca amargurada. Ao primo Otávio, bastou arejar um pouco a sala para que lhe volvesse a curiosidade pelos álbuns. Propôs então a Paulo Amaro se aventurarem juntos a descobrir aquela música e desvendar seus mistérios nos encartes. Tão ensimesmado estava Paulo Amaro a visitar seus segredos, que nem se deu conta da grosseria cometida, ao permitir, com um aceno fulo de aquiescência, que o primo se servisse à vontade. Preferiu a companhia do piano e ficou o resto da tarde exercitando uma tristeza que fugia das teclas e contagiava de novo o ambiente.

Paulo Amaro sempre quis conhecer de que maneira o pai soubera de seu primeiro recital em Porto Alegre, pois não mandara convite, e apenas uma breve nota saíra nos jornais. Talvez tenha sido pura coincidência a vontade súbita de ver o filho naquele dia. Quando chegava com primo Otávio à Biblioteca Pública onde tocaria, Paulo Amaro deu de cara com a surpresa de encontrar o pai fumando na calçada, talvez já expulso lá de dentro por culpa do eterno vício.

Beppe fez-se tão solitário naquela pose de excluído, tão imensamente miúdo a esperar pelo filho e pela grandeza de seu momento, que Paulo Amaro sentiu um aperto no peito, uma aflição de culpa e dó simultâneas, um desejo inédito de abraçar o pai e soluçar o prejuízo todo que haviam se causado. Chegou a ensaiar um abraço quando se aproximou de Beppe, mas uma última e larga baforada foi veloz em erguer a proteção de fumaça.

Paulo Amaro, amaciado pelo quase encontro, permitiu-se então ter de um lado o pai e de outro o primo Otávio, ao subir a escadaria solene da Biblioteca. Depois, a minúscula família foi dispensada, pois ele preferia estar sozinho nos minutos de concentração que antecediam o recital.

O intérprete sequer havia se formado e continuava desconhecido além dos limites do Instituto. Mesmo assim, o público era expressivo entre os arabescos dourados e a mobília sofisticada do Salão Mourisco. Os colegas vieram em peso e respondiam pela maioria. Paulo Amaro tocou Debussy, só Debussy, peças avulsas e alguns prelúdios, entre eles o *La Fille aux Cheveux de Lin*, que se tornara uma espécie de impressão digital de seu estilo.

Na platéia confusa, Paulo Amaro distinguiu a presença do pai, o entusiasmo do primo, e até mesmo a lembrança matreira da avó, toda orgulhosa.

Lara não estava, nem nunca o ouvira tocar. Enquanto se curvava aos aplausos, tocado pela crueldade da ausência, Paulo Amaro chegou a conjeturar se não seria aquele o motivo do descompasso perenemente cravado entre os dois.

Foi só um lampejo, e só nesse ínfimo tempo ele conseguiu afastar por completo a perturbação que o abandonara lá embaixo, na rua, e para onde ela voltava agora, fugindo de seu perseguidor na pele baça de um homem franzino, cigarro e isqueiro a postos na mão, a barba por fazer, os olhos injetados empapando-se de uma ternura que o filho jamais conheceria.

20

Na manhã seguinte ao passeio com Lara, o elogio meio rasgado e costumeiro de um dos professores, que eu nunca levara muito a sério, dessa vez acompanhou o convite para a minha estréia em Porto Alegre: o entusiasmo do mestre finalmente se concretizava num incentivo real à minha carreira.

À tarde, ousei comentar com Leo Kaufman a boa nova e também a minha indecisão quanto a seguir estudando com ele. À dúvida original, num laivo de sinceridade ou de pura vingança, tomei ainda o cuidado de acrescentar meu desacordo com o método que ele utilizava, o sofrimento que era tê-lo constantemente a conduzir minha vontade, e todo o resto de que havia muito me ressentia.

Mais que alívio, provei então a delícia de ver o grande Maestro Leopold Kaufman desconcertado, tendo eu, o mais tímido dos seres, a autoria inquestionável da façanha. O arremate glorioso foi pedir a ele que me dispensasse naquela tarde, a noite fora extenuante, e eu habilmente insinuei o motivo do meu cansaço.

Não que eu tenha mentido.

Depois de fazê-lo bufar, deixei-o compondo um desagravo à altura da injúria sofrida, tão forte e solene que ainda não lhe saíra da garganta quando me despedi. Aproveitei, então, da falha que se abrira na minha timidez e fui ao encontro de Lara.

Os Kaufman moravam na Rua Santo Antônio, próximo à Avenida Independência, a meio caminho entre o Instituto de Artes e o Teatro Leopoldina. Para chegar até Lara, foi inevitável repetir o trajeto da noite anterior. Mais uma vez, fui a pé.

A tarde não combinava com o fulgor das últimas peripécias nem com a calidez atípica da véspera. O céu agora nublado, o vento zunindo ameaças de mais frio e até uma garoa fraca mas insistente tentavam resfriar o entusiasmo com o qual eu vencia os quarteirões, ainda mais ermos à medida que eu entrava no coração do Moinhos de Vento. Antes da noite anterior, eu nunca me aventurara por esses lados da cidade. A vida na capital restringia-se ao Centro, ao bairro Independência, aos limites do Parque da Redenção, onde ficam a Reitoria e o Salão de Atos, mas era como se eu já houvesse percorrido muitas vezes o caminho. Até o arvoredo das ruas se fazia passar por meu velho conhecido.

Eu me sentia gelado e feliz, um ineditismo nas combinações que o inverno sempre compusera com meu ânimo. Desejei até mesmo que o frio se perpetuasse, se fosse para eternizar a sensação boa de desafiá-lo para correr ao encontro de quem eu amava e que devia estar me esperando.

Não acelerava o passo. Queria desfrutar ao máximo dessa ansiedade saudável, tão diferente daquela na qual eu já me havia doutorado. Queria prolongar a expectativa, como que já antevendo um outro desfecho à ventura que ela encerrava. Assim, as ruas foram-se multiplicando em labirintos iguais, vazios de gente, por onde eu pisava com a serenidade de quem conhece o caminho e que, portanto, não tem a urgência dos que precisam desvendar seu mistério.

Cheguei finalmente à calçada que, na véspera, tivera o privilégio de assistir à despedida. O sobrado de linhas austeras e germânicas lembrava um pouco o velho casarão da minha infância. Ainda que não fosse tão grande como aquele, tinha a mesma aparência desbotada, a mesma falta de graça, o mesmo capricho no jardim.

Ao me aproximar do portão, ouvi o toque inimitável de Lara exercitando um arpejo. Na obstinada insistência em repetir a frase curta, reconheci o tratamento que eu próprio dispensava a uma passagem, refazendo-a até o limite de considerá-la perfeita. A quem desconhecesse a sutileza, cada repetição era rigorosamente igual a todas as outras. Para mim, buscando apreender qualquer mínima diferença que me levasse à plenitude do conhecimento da intérprete, as notas repetiam-se numa sutil progressão, menos relacionada com a técnica e mais com o caráter do que ela praticava. Quando finalmente se deu por satisfeita, avançou na melodia que já me era familiar, ainda que a tivesse recém conhecido. Lara tocava Tchaikowsky, um trecho do Concerto que ouvíramos à noite e que, dali por diante, faria as vezes de trilha musical daquilo que eu julgava ser uma feliz história de amor.

Eu, a quem nunca seduzira a pieguice, via-me agora sugado por uma realidade edulcorada e irresistível, diferente de tudo o que eu já provara. Pior, estava feliz. Traidor, portanto, dos meus velhos e bons sentimentos, ainda sem saber que eles voltariam com toda a fúria. Nem desconfiava que o revés mais cruel da felicidade é justamente o de descobrir-se traído por ela.

Não sei por quanto tempo fiquei parado ali fora. Não me pareceu difícil, a despeito do frio e da chuva que apertavam, aguardar por uma pausa no ensaio. Imaginava que teríamos depois todo o tempo do mundo para recuperar o que se tivesse perdido na espera. Escurecia rapidamente, as tardes são bem mais curtas no inverno.

Quando o violino por fim silenciou, era quase noite e o frio já me havia atingido com toda a sua picardia. Atravessei o portão e toquei a campainha com jeito de quem pede desculpas. Lara atendeu com um esgar que adivinhei ser de surpresa, embora muito mais incrédulo do que eu esperava. Pareceu refletir um segundo sobre o que significava aquela aparição tiritante à sua porta e salvou-me da falência completa ao me puxar para dentro com rapidez decidida. Fez com que eu despisse o casacão encharcado e me levou a uma sala aquecida, deixando-me ali para buscar uma bebida quente. Cuidava de mim com requintes de zelo maternal, enquanto o que eu mais queria era ter podido impressioná-la com minha segurança e virilidade.

A peça na qual me vi instalado era onde ela estudava, e expunha agora as marcas da recente interrupção: o violino cuidadosamente abandonado sobre uma almofada, o arco descansando ao seu lado, a estante com a partitura aberta no último trecho que eu ouvira tantas vezes. Uma estufa silenciosa respondia pelo calor gostoso que ia me recompondo aos poucos. Quando Lara retornou, trazendo a bandeja com as xícaras e o chá fumegante, eu já me sentia melhor.

Bebemos o chá devagar, ela não fazia perguntas. Parecia ter admitido minha presença como um fato corriqueiro. Nem mesmo o silêncio, pesando no ar, nos estimulava a sair daquele anticlímax misterioso.

Eu, amedrontado.

Ela, inundando a sala com seu perfume de verbena, irresistivelmente alheia à confusão que eu me provocara.

21

Roswitha desconcertou-se com o que acabava de ouvir.

Havia poucas horas, deixara o Teatro Leopoldina com a certeza de haver tirado o melhor proveito de um momento desagradável. E já se afligia outra vez com a velha e desesperadora ameaça.

Leopold saíra do concerto mais carrancudo que o habitual, tratando-a com uma frieza que beirava a rispidez. Isso não a preocupava. Os muitos anos de convivência ensinaram-lhe a ser paciente com os maus humores do marido. De fato, após o almoço especial que ela mandara preparar nesse dia, ele já estava recuperado, pronto à espera do aluno, que viria no meio da tarde.

Ela mesma abrira a porta ao rapaz, atrasado quase uma hora. Desta vez, encontrara nos olhos dele uma energia nova, limpa, muito diferente do brilho misterioso que costumavam exibir.

O entusiasmo logo dera lugar à estranheza com a saída precipitada do jovem, poucos minutos após ter entrado. Embora mal pudesse conter a curiosidade, preferira aguardar que o marido tomasse a iniciativa e viesse esclarecer o mistério. Mas o estúdio ficara silencioso pelo resto da tarde. Ela, sem coragem de ir lá, metera-se a aprender um tricô difícil, que havia muito protelava. Quando finalmente ele veio com a notícia, estava tão absorvida pela dificuldade do ponto, que custou a compreender.

Paulo Amaro não tornaria àquela casa, nem ele se ocuparia mais da orientação do rapaz. Nunca fora tão destratado, tão frontalmente contestado, e por um fedelho, que só ganhava essa coragem toda porque se vestira de celebridade já no primeiro e mísero convite que lhe faziam. Concluiu ter sido uma enorme perda de tempo a atenção que dispensara a ele, bem usada e depois descartada.

Roswitha pasmava-se com um desabafo tão veemente e não encontrava jeito de acudir o marido. Arrependida pela interferência que provocara no curso natural dos acontecimentos, via agora o seu Leopold amargar a frustração de haver rompido com o melhor aluno. Acreditando na sinceridade do marido, o que tornava mais grave o abalo, ouviu-o dizer que era necessário avisar a violinista de Viena o quanto antes, pois ele não mais endossava o que dissera do rapaz ao apresentá-lo à moça.

Ela tentou argumentar que era exagerada a preocupação, que nada de urgente havia a ser anunciado, que ele se permitisse ouvir os sábios conselhos do travesseiro antes de tomar qualquer atitude em definitivo. Mas ele não a escutava mais e havia tempo que deixara de escutá-la, não era de agora a surdez.

Na cuidadosa arrumação de sua casa, ele encontrou o número onde esperava encontrá-lo, caprichosamente anotado pela *Schätzie* na caderneta de uso comum. Depois de discar, voltou-se para a parede, tentando impedir que ela ouvisse o que ele tinha de tão grave a falar ao telefone.

22

Ela cuidava dele, enquanto descobria não ser a própria casa uma garantia de proteção. Dormira mal, atiçada pela mesma novidade que ressurgia agora. Passara o dia fustigando os dedos contra as cordas, e nem essa dor machucada conseguia afastá-la do que não mais parara de doer desde que sentira a doçura insolente do jovem. O que menos desejava nesse momento era ter voltado tão rápido àquela atribulação. Queria fugir dele. Na ingenuidade temporã dos trinta, ela chegara a acreditar que a noite e o frio se despachariam facilmente da incumbência de levar para longe e para sempre o autor do terremoto. Contudo, ele estava ali, encolhendo-se numa timidez que ela supunha forçada e que o traía a cada vez que espichava para ela a escuridão voraz dos olhos. Antes tivesse recusado a gentileza da noite passada.

Mesmo na aflição do remorso, ela encantava-se agora em observá-lo a beber o chá, os dedos muito longos e finos levando a xícara ao encontro de um beijo, os lábios demorando-se a roçar o calor da borda e estalando num arreganho úmido a cada gole, os vapores da bebida fazendo crescer nos olhos o seu brilho escuro e aguacento. Depois, o desafio de aproximar-se dele para recolher a xícara vazia, enchê-la mais uma vez, alcançá-la de volta, e pronto, lá se ia o último resquício de equilíbrio.

Não era a motivação da arte o que agia agora, nem o alvoroço dos sentidos. Era antes um ardor antigo que fora sossegado nos anos da mocidade pela exigência egoísta da música. Então, quando se dispusera finalmente a surgir, fora novamente acalmado pelo entusiasmo cavalheiresco que o Maestro sempre lhe dispensava. Não ele. Não esse jovem astuto que se fingira cavalheiro, enganara-a com modos gentis, arrancara dela a atenção que tinha agora, insistente ao perseguir o que ela quisera negar a ambos mas talvez já não quisesse mais. Só o atrevimento poderia explicar a ardileza que o trouxera ali nessa tarde. Se a resistência havia chegado ao fim, que ela então conduzisse o jogo.

Ela veio sentar no sofá. Como se devolvesse a gentileza que recebera na véspera, fez com que a mão deslizasse no rosto macio, querendo saber se ele estava melhor. Ele balançou a cabeça num movimento afirmativo, tão ingênuo, tão desprotegido, que a fez esquecer por um instante a astúcia que imaginara. Ela não soube de que estranha magia fora tocada ao perguntar se ele conhecia o Concerto nº 1 de Béla Bartók. E, antes de ouvir a resposta negativa, já estava de pé, procurando o disco na estante repleta, enquanto contava a história da jovem violinista que inspirara o Concerto e para quem ele fora dedicado. Bartók concebera a obra em apenas dois movimentos — dois retratos, como dizia a violinista, o primeiro, da jovem mulher que o compositor amava, o segundo, da intérprete que ele admirava —, só descobertos após a morte dela, tão ciosamente os guardara por toda a vida.

O *Andante sostenuto* começou mais apaixonado após o breve relato, numa emoção que talvez não estivesse propriamente nele. Ela tornou ao sofá, a mão de volta à maciez do rosto quase imberbe, os dedos agora arriscando trajetos que começavam a ir um pouco além da candura. Depois, a lenta viagem da boca, a firme ousadia dela indo encontrar a suavidade amedrontada dos lábios dele. Também nela ia crescendo o gosto pela aventura, também se deliciando com o sabor novo daquele beijo, daquela apimentada carícia de outra língua. Também os dedos dela já começavam a explorar o que, havia bem pouco, era apenas um caminho suspirado pelo desejo de chegar aonde chegavam agora, os seios querendo a avidez das mãos dele, atiçados à espera dos dedos longos e hesitantes que viriam tocá-los, eles demorando a compreender a premência, ela usando a própria mão para conduzi-los ao destino certo e à pressão justa que eles reclamavam. Então já não havia mais como resistir ao que iam juntos tateando e descobrindo, espevitados em alçar vôo num ritmo cada vez mais presto, mais seguro, mais hábil do que eles sequer poderiam ter imaginado, que nesses exercícios todos se pegam sabendo muito mais do que imaginam. O *Allegro giocoso* encontrou-os esquecidos de tudo, ele, da insegurança antiga, ela, da paixão impossível e da porta que não trancara. Não havia empecilho para que tratassem de saciar logo aquela vontade. Na urgência atropelada que os levara àquele momento, mal percebiam o cheiro adocicado que ela confirmava na pele dele misturar-se à verbena que recendia nela, compondo o incenso exclusivo e inebriante daquele ritual.

Mal conseguiram ouvir o telefone tocar uma, duas, três, várias e repetidas vezes, numa estridência crescente e inoportuna, desafiando qualquer esforço que fizessem para tentar ignorá-la, ela por fim cedendo e indo atendê-lo.

Leo Kaufman, de novo, roubava a cena e o final da história.

23

Às vezes chego a pensar que minha vida é melhor do que a tenho julgado. Mas só algumas vezes. Como agora, quando visito os primeiros anos para resgatar esta história e sinto vibrar de novo o ritmo acelerado que marcava cada descoberta e cada revés. Não raro, era um sofrimento imenso, inenarrável mas ainda bom, delicado, ingênuo, se comparado a esta melancolia de hoje, amadurecida pelo tempo que a fez adulta e embotada de qualquer encanto, depois que eu escolhi exigir da vida o meu sagrado direito de andar sozinho e de poder sofrer.

Também foi só minha a escolha pela música, e ela acabou por se tornar a única certeza que de fato importa. Os aplausos e as críticas sempre me prestigiam em todos os lugares onde toco. É claro que isso me envaidece, especialmente quando eles se referem às peças que componho. Mas a grande sensação é ter a angústia desfeita como que por mágica no suspense que antecede uma primeira nota. Nesse momento, transfiro aos dedos a tarefa de contar as histórias que descubro em cada música, amalgamadas à minha própria. É só dessa maneira que consigo falar aos outros de igual para igual, humano, forte, verdadeiro, diferente do ser mesquinho e covarde que encontro de volta à solidão que separa um recital de outro.

Fora do palco, tenho hoje a inevitável convicção de que a vida nunca mais pulsou como pulsava há doze anos, tempo em que o edifício velho, feio, escuro da Rua Senhor dos Passos era um contraste mais que perfeito à agitação nas suas entranhas e que eu sentia também crescer em mim, ainda iludido de que seria para sempre. Ao deixar o Instituto de Artes, eu já estava tão ou mais cinza que o prédio, e aquela energia toda se transformou nesta tristeza crônica e sem volta.

Ninguém da família assistiu à formatura nem ao concerto a ela dedicado. Ana Beatriz, os tios e primos mandaram telegrama. Se minha mãe fosse viva, por certo teria organizado a caravana festiva. À sua falta, os parentes preferiam o marasmo. Vó Mimosa não conseguiu nunca revertê-lo e teria vindo sozinha para ver o neto no momento que tanto visitara os sonhos dela. Meu pai, eu não consegui avisar, pois ele nunca deixou o endereço nem eu perguntei. Tampouco apareceu de surpresa. Dias depois, trouxe um presente, do qual não me lembro agora. Primo Otávio havia morrido poucos meses antes e me deixado de herança o apartamento e o piano, além de uma razoável conta bancária, o que me garante desde então a regalia de não ter outra ocupação além da música. Creio ter sido justamente esta a última vontade dele.

Magda se formou comigo, não foi preciso convidá-la. Eu nunca a amei de verdade. Um dia me deixei levar por sua fogosidade insistente e conheci então o início, o meio e o fim de um ato sexual verdadeiro. Terminei assim o que Lara e eu havíamos começado no dia em que fôramos bruscamente interrompidos, e gozei de uma completude cuja falta tanto me fizera agravar a frustração e o sofrimento. Foi logo depois daquele inverno misterioso. Acabamos vivendo uma relação ardente mas descomplicada, que resistiu até o começo do inverno seguinte. Aí ela cansou, talvez por não ser fácil a convivência com o meu silêncio. Magda não é mulher de silêncios.

A paixão por Lara não sobreviveu aos dias de Instituto, mas outro sentimento continuou me seguindo além deles. Nunca entendi muito bem o que se passou naquele anoitecer chuvoso. Lembro-me de ter experimentado uma leveza dolorida quando deixei que ela se afastasse, roubando de mim o peso quente de seu corpo. Ela pareceu flutuar em direção ao telefone, e um calafrio me fez gelar ao perceber com quem ela conversava. Tampouco soube o quanto o assunto me dizia respeito, nem era necessário, pois percebi a velha e conhecida emoção reacender nela com a rapidez de um riscar de fósforo, o mesmo que prontamente reavivou em mim um ódio recém-acalmado.

Naquele dia, Lara desligou o telefone num alto e longo suspiro. Evitou meus olhos enquanto voltava ao sofá e acarinhou meu rosto pela última vez, numa suavidade frustrante e maternal, dizendo que não acreditava numa palavra sequer do que acabara de ouvir e que eu mantivesse a firmeza ao fazer minhas próprias escolhas em relação à música, pois um verdadeiro artista não precisava de arrimo. Desculpou-se pelo descontrole que tivera, fora indigno da amizade tão bonita que eu oferecia, pediu para ficar sozinha, precisava se recompor do constrangimento.

Eu tentei falar, tentei dizer que a amava desde o momento que a ouvira tocar o *Allegro molto appassionato* de Mendelssohn, já se haviam passado mais de dois anos, tentei revelar os planos todos que engendrara para acompanhá-la, os desencontros, a expectativa que guardara até ali, não era mais a criança que ela tentava agora proteger. Não sei se ela não quis escutar ou, se escutou, não quis dar importância ao meu balbucio apaixonado, repetindo apenas o desejo de que eu fosse embora.

Ela abriu a porta e me negou um último beijo. Pensei em Beppe e no quanto me irritara um dia com as considerações que ele fizera sobre a *Sinfonia Inacabada*. Senti que ali e assim terminava a sinfonia: inacabada, como tantas outras que eu escrevera, ainda sem conseguir enxergar nessa imperfeição qualquer perspectiva de encanto. A vida podia se tornar encantadora na sua imperfeição, mas a mim competia ser perfeito ao interpretá-la.

Muitas vezes voltei à casa para ouvir Lara praticando o violino, sem nunca mais ter batido à sua porta. Acompanhei a evolução de cada exercício. Mendelssohn, Sibelius, Brahms, Paganini, Beethoven, Tchaikowsky, Bartók, Mozart, Vivaldi, todos os concertos iam tomando aquele jeito elegante e arrebatado que era só dela, e que agora se tornou impiedoso na denúncia perene de que eu não fazia parte da história.

Ao sair dali, um impulso me levava até a Rua Santo Antônio, ao prédio que eu freqüentara por vários meses, onde não mais entrara. Da calçada, eu espiava as janelas do quarto andar, tentando adivinhar o que acontecia lá em cima, numa posição inversa àquela em que eu sempre tivera o gosto de me postar. Não havia nada de muito preciso que eu quisesse descobrir, desejava apenas o cenário para fantasiar alguma tristeza minando a quietude resguardada pelas sóbrias cortinas, agora que já não tinham mais o seu único hóspede, confortando-me um pouco essa ridícula vingança.

Ridícula, pois hoje sei que não havia atribulação capaz de perturbar aquele equilíbrio. Ridícula, também, porque agora me convenço do que antes eu apenas intuía: nada mais poderia haver entre Lara e o Maestro além de uma paixão irresolvida e de um aplauso entusiasmado.

Não era tudo. Mesmo depois que desisti de ir até Lara, continuei refazendo sempre aquele caminho, ano após ano, como um vício que não podia largar. Perdia um minuto vigiando a sacada, tempo bastante para imaginar a prepotência de Leo Kaufman despencando lá de cima, talvez com minha ajuda, o que só me aumentaria o prazer de vê-lo cair. E logo um arrepio me perpassava, quando sentia meu próprio corpo tomar o lugar do corpo dele na queda.

Assim tem sido por todos estes anos.

Muitas vezes já me peguei sem saber o motivo de estar parado à frente daquele prédio a ruminar tamanha tolice, agora que Lara se tornou apenas uma lembrança boa de uma época iluminada.

Leo Kaufman entra, mas eu permaneço na sacada, desafio meus fantasmas todos, transponho a amurada.

Lá embaixo, a calçada é de brinquedo, não tenho medo de ir ao encontro dela. Penduro-me na grade e me balanço, os pés enfim livres, compreendendo que já não há volta possível. O corpo começa a pesar, pronto para a queda, a fragilidade dos meus braços não mais o suporta. Estou prestes a cair e não me arrependo de eu mesmo ter buscado este momento. Fecho os olhos ao sentir a última aragem do inverno, meu último inverno, amanhã será primavera e eu não poderei saudá-la. Respiro fundo este ar ainda frio, ainda setembro, e o corpo já não pesa, os braços já não cansam, reabro os olhos como se já estivesse morto.

Morto, eu deixo o esconderijo, levanto a gola do casaco, abrigo as mãos nos bolsos, caminho por Porto Alegre assistindo à lenta agonia do inverno. Amanhã será diferente, hoje ainda sofro. Os jacarandás começam a preparar seus lilases. Minha angústia não tem nada a ver com isso, nem se ressente com a volta dessas cores. Amanhã é só um marco.

Hoje ainda vivo o que sou, e piso o primeiro lilás caído na Praça da Alfândega.

Agradecimentos

A Ivo Bender, que verteu para o alemão a dedicatória de uma *Berceuse*.

A Ricardo Mazzini Bordini, ajuda sempre insuperável nas questões musicais.

A Maria Clara Tajes, primeira leitora de cada capítulo, por nunca ter deixado de me exigir o capítulo seguinte.

A Luiz Antonio de Assis Brasil, Jane Tutikian, Paulo Hecker Filho, Olinda Allessandrini, Walter Galvani, Liana Timm e Luís Antônio Giron, pelas leituras críticas e todas as várias e excelentes sugestões.

A Walter Galvani, uma outra vez, pela recomendação feita a este trabalho.

A Cíntia Moscovich, sempre com o mesmo e inabalável amor, e agora especialmente pela caneta que usarei para os autógrafos.

A todos os citados, pelo inesgotável entusiasmo, mesmo nas vezes todas em que o meu próprio se deixou abalar.

Este livro foi composto na tipologia Tiffany BT,
em corpo 11/17, e impresso em papel Pólen
Bold 90g/m² no Sistema Cameron da Divisão
Gráfica da Distribuidora Record.

Seja um Leitor Preferencial Record
e receba informações sobre nossos lançamentos.
Escreva para
RP Record
Caixa Postal 23.052
Rio de Janeiro, RJ – CEP 20922-970
dando seu nome e endereço
e tenha acesso a nossas ofertas especiais.

Válido somente no Brasil.

Ou visite a nossa *home page*:
http://www.record.com.br